離縁されましたが、今が一番幸せなので
貴方の元には戻りません！
～本好き才女は我慢をやめて第二の人生を謳歌する～

瑪々子

目次

マリウス
ジャスティンの側仕え。
裏表のない正直者で、
明るくお人好し
ジャスティン
王立図書館の運営責任者であり、
ランズファルト王国の王弟。
頭脳明晰で博識。
一人で黙々と魔導書を読む
ソフィアに興味を持つように…？
ソフィア
妹と比べられ、我慢を強いられてきた令嬢。
離縁された後は「自分を幸せにしよう」
と本に囲まれた生活を送る。
特に魔導書は寝食を忘れてしまうほどに
大好きで、図書館で読み耽っているところを
ジャスティンに声を掛けられ…？
離縁されましたが、
今が一番幸せなので
貴方の元には戻りません！
本好き才女は我慢をやめて第二の人生を謳歌する

CHARACTER [人物紹介]

フォークス伯爵家

ヘンリー
フォークス伯爵家令息。
コートニーを望んだにもかかわらず、
代わりに嫁いできたソフィアを冷遇する。

デニス
フォークス伯爵家の使用人。

ミランダ
ヘンリーの愛人。

ブルック伯爵家

コートニー
ブルック伯爵家令嬢でソフィアの妹。
幼い頃から両親に甘やかされて
育っており、姉のことを見下している。

フリーダ
ソフィアと同じ黒髪を持つ曽祖母。
大切な魔導書をソフィアに託す。

魔導書の研究所

カリン

ナサニエル

トビー

第一章　離縁を突き付けられました

「僕と離縁してくれ、ソフィア」

夫ヘンリーのその一言で、ソフィアの三年にわたる結婚生活はあっさりと終わりを迎えることになった。

どうして、と尋ねようとしたソフィアの言葉を遮り、ヘンリーが淡々と続ける。

「僕の愛人が妊娠したんだ。君とは別れて、彼女と結婚したい」

ソフィアは小さく息を呑《の》み、スミレ色の瞳を揺らす。このフォークス伯爵家に嫁いでからしばらくして、夫に愛人ができたようだということは、ソフィアも噂には聞いていた。それらしき女性の姿を、幾度か見かけたこともある。妹のコートニーにもどことなく似た彼女の姿を思い出し、ソフィアは悲しく思いながらも、腑《ふ》に落ちたところがあった。

（ヘンリー様は私ではなく、コートニーを妻にと望んでいたのだもの。妹に似た方を愛人にするなんて、余程コートニーに惚《ほ》れ込んでいたのね）

ソフィアの三つ年下の妹コートニーは、緩くウェーブした明るい金髪に、魅力的な桃色の瞳をした華やかな美人だ。一方のソフィアは、墨を流したような黒髪と、落ち着いたスミレ色の瞳を生まれ持ち、妹に比べると目立たない容姿をしている。

フォークス伯爵家からソフィアの実家ブルック伯爵家に持ち込まれた縁談が、妹のコートニーを望むものだったなんて、ソフィアは嫁いでくるまで知らなかった。

冷ややかな表情のヘンリーを前にして、いたたまれない気持ちになるとともに、胸に抱いていた仄《ほの》かな希望が泡と消えた過去が、ソフィアの脳裏に蘇《よみがえ》る。

（結局、ヘンリー様が私に振り向いてくれることはなかったわ）

二人の結婚は、フォークス伯爵家からブルック伯爵家との縁を望んだ政略結婚だった。フォークス伯爵家の長男ヘンリーからはコートニーを望まれたものの、ソフィアの両親は、姉のほうなら嫁がせても良いと返答したのだ。渋るヘンリーをよそに、両家の間では縁談が成立したために、ソフィアに対してあからさまに不満を示したヘンリーは、初夜にも彼女の前に姿を現すことはなかった。

ただ、貴族間の結婚など、そもそも家と家との結び付きを目的とする政略結婚がほとんどだ。そのためソフィアは少しでもヘンリーに歩み寄ろうと、めげずに努力を重ねてきた。そんな彼女に対して、唐突に突き付けられたのが離縁だった。

（……私のこの三年間って、いったい何だったのかしら）

今年二十二歳になったソフィアは、嫁いできてからの三年間を虚しい思いで振り返った。脱力して俯《うつむ》いたソフィアの前に、ヘンリーが離縁状を差し出す。

「これに署名してくれ」

顔を上げて、書き物机を挟んで向かい側に座るヘンリーを眺めたソフィアは、ペンを手にすると彼に尋ねた。

「お義父《とう》様とお義母《かあ》様は、私たちの離縁を認めていらっしゃるのですか？」

ふん、とヘンリーが鼻を鳴らす。

「当然だ、子もできない嫁などいても仕方ないからな。ようやく孫を腕に抱けると喜んでいたよ」

真摯に尽くしてきたつもりだった義父と義母にも見限られたことに、ソフィアは肩を落とした。

（それに、孫なんて言われても……）

初夜以降も、ヘンリーは一度もソフィアの寝室を訪れてはいない。これまでずっと白い結婚だったのだから、子などできるはずがないという言葉が喉まで出かかったけれど、ソフィアはそれをぐっと呑み込むと、代わりにヘンリーを真っ直ぐに見つめた。落ち込んでばかりもいられない。

「わかりました、貴方《あなた》様と離縁します。但し、子ができなかったとはいえ、私には咎《とが》められるような理由はありません。慰謝料はしっかりいただきますよ？」

「ああ、いいだろう」

離縁を拒まれることを懸念していたヘンリーが、安堵《あんど》を滲《にじ》ませて頷《うなず》く。

「最近、フォークス伯爵家の事業が好調だからな。慰謝料にも少しは色を付けてやろう」

フォークス伯爵家では、繊維事業を生業としている。ブルック伯爵家に縁談を持ち込んだ時にはあまり芳しくなかった家業が持ち直したことが、ソフィアと離縁しても問題ないという判断に繋《つな》がったようだ。

フォークス伯爵家の繊維事業では、領地での養蚕により採れた絹を用いて作製した、ドレスやシャツなどの服飾品を主に取り扱っている。ここ数年は、国内で頭打ちになっていた売上を海外展開によって伸ばし、経営を圧迫していた人件費も、国外にまで製造委託先を広げることで、安価に抑えることに成功していたのだ。

ヘンリーに嫁いでから、せめて自分にできることを、と海外での事業展開を手伝ってきたソフィアとしては複雑な思いは否めなかったものの、そんな気持ちは内心にとどめた。

「それは感謝します」

彼は書き物机の引き出しを開けると、小切手帳を取り出して慰謝料の額を書き込んだ。かなりの金額が書かれた小切手を受け取ったソフィアが、離縁状にさらさらとサインをしてヘンリーに手渡す。満足げな表情を浮かべたヘンリーは、離縁状を手に椅子から立ち上がった。

「話は以上だ。君も早々に荷物をまとめて出ていってくれ」

「承知しました」

頭を下げたソフィアを振り返ることもなく、ヘンリーは彼の書斎を出ていった。ドアの閉まる音を聞きながら、ソフィアは大きな溜《た》め息をつく。

重い足を引きずるようにして自分の部屋に戻ったソフィアは、ヘンリーに嫁ぐ際、妹のコートニーから言われた言葉を思い出していた。

『フォークス伯爵家には、お姉様の居場所があるといいわね』

実家にもソフィアの居場所がなかったことを揶揄《やゆ》するその言葉は、姉の結婚を祝福するようなものではなかった。けれど、ソフィアは素直に、フォークス伯爵家に嫁ぐことに一縷《いちる》の望みを抱いていたのだ。

寂しい気持ちで、ソフィアは広いけれど物の少ない、こざっぱりとした部屋を見渡した。

（この家にも、私の居場所なんてなかったわ）

振り返って考えれば、薄い笑みを浮かべた当時のコートニーの言葉は、ヘンリーからの縁談が、姉にではなく自分にきていたと知ったうえでのものだったとわかる。

ブルック伯爵家には二人の娘しかいなかった。それゆえ、伯爵家を継ぐためには婿《むこ》を取る必要があり、ソフィアは長女の自分が婿取りをするのだろうと想像していた。

けれど、ソフィアの両親の考えは違った。彼女の両親は、自分たちのいいところを受け継いだ、美人で愛嬌のある次女のコートニーを溺愛していた。家を継がせるなら、コートニーのほうが将来有望な婿を望めるに違いないと考えていたのだ。

さらに、ソフィアの両親は共に美しい金髪の持ち主だ。それにもかかわらず、ソフィアが黒髪で生まれたのは、ブルック伯爵家の祖先に、黒髪をした異民族がいたからだと思われた。ブルック伯爵家には、ごく稀《まれ》に黒髪を持つ者が生まれるが、ソフィアの暮らすランズファルト王国には、黒髪の者はほとんどいない。貴族には血筋を重視する者も少なくないことから、異民族の血が混ざっていることが一目でわかる容姿のため、ソフィアの存在を恥じた両親は、幼い頃から彼女を疎んじた。

当時二十二歳だったヘンリーが縁談を持ち込んだ際も、ブルック伯爵家では長女が婿を取るのだろうから、次女のコートニーが嫁いでくると安易に考えていた節があったようだ。

ヘンリーは、爽やかな容姿をした自信家の青年だ。けれどコートニーが、より優れた男性が自分には相応《ふさわ》しいとあっさりと拒んだ。そして両親の思惑を知ってか知らずか、婿を取ってブルック伯爵家を継ぎたいと自ら望んだこともあり、ソフィアが妹の代わりに彼に嫁ぐことになったのだった。

(ヘンリー様やお義父様、お義母様に認めてもらえるようにと思って、できる限りの努力はしてきたけれど……)

実家のブルック伯爵家を、半ば追い出されるようにして十九歳で嫁いできたソフィアは、フォークス伯爵家で役に立てるようにと、三年間必死にもがいてきた。望まれぬ花嫁だったことは悲しかったけれど、それ以上に、妹の身代わりとして自分が嫁いだことに対するヘンリーへの引け目があった。妹を望んだヘンリーの心情を想像すると、彼を責める気にはなれなかったし、その事実を伏せたままソフィアを彼に嫁がせた、実家の両親に対する落胆もあったのだ。

ソフィアはせめてフォークス伯爵家の事業に貢献しようとした。外国との取引に乗り出そうとしていたフォークス伯爵家には、語学に堪能《たんのう》なソフィアが役に立てる場面が思いのほか多かったからだ。けれど、ヘンリーはそんな彼女に対して、女ができる仕事なんてたいしたものはない、人に任せれば良いだろうと言い放つだけだった。

ソフィアが作った書類には、どれもヘンリーが最終的なサインをしていたけれど、詳細な内容までは読まずじまいだったことも少なくない。ヘンリー自身は語学が苦手だったために、ソフィアの存在がかえって彼の劣等感を刺激したのだ。地味でつまらない女だと、彼女を揶揄するヘンリーの言葉を聞いたことも一度や二度ではない。

ヘンリーとの距離を縮めるために、彼の好きな季節の花を部屋に飾ったり、彼が体調を崩した時には看病したりと、ソフィアは自分のできることをしようと努めた。それでも、ソフィアがヘンリーに認められることはないまま、彼は陰で愛人に現《うつつ》を抜かすようになり、結婚からいつしか三年間が過ぎていた。

（どんなに努力したって、どうにもならないこともあるのね）

自らの我慢も努力もまったくの徒労に終わったことに、ぽっかりと心に穴が開いたような虚しさを覚えながら、ソフィアは部屋にある荷物を旅行鞄《かばん》に詰めていった。

最後に、ソフィアは棚から一冊の分厚い本を手に取った。濃紺の革張りの表紙に、美しい八《はち》芒星《ぼうせい》の魔法陣が金色で描かれたその本は、ソフィアにとっての宝物でもある。

「フリーダ大御祖母様《おおおおばあ》……」

大好きだった曽祖母の形見の、少し色褪《いろあ》せたその本の表紙を、ソフィアは大切そうにそっと撫《な》でた。優しいフリーダの笑顔と、たくさんの本に囲まれた彼女の部屋の光景が、ソフィアの頭に蘇る。

ソフィアに本の素晴らしい世界を教えてくれたのは、彼女と同じ黒髪を持つフリーダだった。ソフィアの知る限り、ブルック伯爵家で黒髪をしているのは、ここ数代では自分のほかにはフリーダだけだ。妹ばかりを可愛《かわい》がる両親に放置されていたことも手伝って、ソフィアが本の魅力に取りつかれるまでに、それほど時間はかからなかった。

本のページをめくる度、ソフィアは現実を忘れて本の世界に引き込まれた。胸躍るような冒険や甘く切ない恋愛、温かな家族愛や熱い友情といった多くのことを、ソフィアは時に涙し、時に手に汗握りながら、読書を通じて主人公と一緒に経験したのだ。

フリーダの部屋に入り浸り、編み物をする彼女の隣で本を読む時間が、ソフィアにとって唯一の幸せなひとときだった。フリーダの部屋の本棚には外国の本も並べられており、博識だった彼女のもとで多くの外国の本に触れた経験が、ソフィアの語学力を飛躍的に伸ばした。中でもソフィアが心酔したのが、まるで芸術のように美しい魔法陣の描かれた魔導書である。フリーダに勧められて、精霊召喚に用いる魔導書が登場する物語を読んでから、彼女の興味は魔導書に移った。魔導書が実際に存在することに感激したソフィアは、時間を忘れて、フリーダに読み方を教わりながら、幾冊もの魔導書を読み進めた。そのうちの一冊が、嫁入り道具とともに持ってきた、濃紺の表紙をした魔導書だ。

ほとんどのフリーダの貴重な蔵書類は、ソフィアが止める暇もなく、フリーダが世を去った後程なくして、父が売り払ってしまった。ソフィアが受け継いだ魔導書だけは、フリーダがソフィア宛の手紙とともに残してくれたために、彼女の手元に残ったのだ。

将来は魔導書の研究員になることを夢見ていたソフィアだったけれど、彼女の能力を高く買っていたフリーダが他界してから、その夢は潰《つい》えた。魔導書の研究員など狭き門だ、お前には嫁の貰い手があるだけで御の字だろうと、一切の反論を認めなかった両親によって、彼女はヘンリーに嫁がされたのだ。

（私が離縁されたと知ったら、お父様とお母様、それにコートニーは何て言うかしら？）

仮に実家に戻ろうとしても、いい顔をされないだろうとは容易に想像がついた。むしろ、そのまま勘当される可能性のほうが高いように思える。とはいえ、ソフィアにしても、窮屈な実家に今更戻るつもりはなかった。

温かなフリーダの言葉が、ソフィアの耳に懐かしく響く。

『ソフィアが好きなことを大切になさい』

手にした魔導書を見つめながら、ソフィアの口元が微《かす》かに綻ぶ。

「そうよ。ようやく時間ができたのだし、しばらくは好きなことだけをしよう」

慰謝料の支払いをヘンリーが快諾したことは、ソフィアにとって幸運だった。そのうち仕事を探す必要はあるにせよ、金額的に、一年ほどならゆっくりと過ごせる程度の余裕はありそうだ。

フォークス伯爵家では、外国の本を読んでいるところをヘンリーに見られると、知識をひけらかしたいのかと顔を顰《しか》められた。さらに、仕事の手伝いに時間を取られ、読みたい本を満足に読む時間すらなくなっていたソフィアにとって、好きなだけ自由に本が読めると思うだけで、目の前に明るい光が差してきたように感じられる。

心のどこかに、誰かに幸せにしてほしいという思いがあったことが、そもそも間違っていたような気がソフィアにはしていた。どんなに自分を抑えて我慢したって、誰も彼女を幸せにしてはくれなかったからだ。

「これからは、自分で自分を幸せにするわ」

気持ちを切り替えて、自分に言い聞かせるようにそう言ったソフィアは、ずっしりとした魔導書を胸に抱き締めた。両親も妹も、そして元夫も、ソフィアを愛したり、必要としたりしてはくれなかったけれど、フリーダだけは、溢《あふ》れるほどの愛情を彼女に注いでくれた。その温かさは、大好きな本の記憶とともに、今でもソフィアの核となって彼女を支えている。

鞄にしまいかけていた魔導書を再び手元に取り出したソフィアは、膝の上で重厚な表紙を開くと、久し振りにそのページをゆっくりとめくった。

翌朝、旅行鞄一つを手元に抱えたソフィアはさっぱりとした気分だった。魔導書をつい夜遅くまで読み耽《ふけ》ってしまい、寝不足ではあったものの、続きを読む時間がたっぷりとあると思うだけで、ソフィアの胸はうきうきと弾む。

吹っ切れた様子の元妻の姿を前にして、ヘンリーは怪訝《けげん》な表情を浮かべた。

（僕から離縁され、これから一人で生きていかなければならないというのに。その割にはまったく悲壮感がないな）

離縁を悲しむどころか、解放感に満ち溢れた表情をしたソフィアは、ちょうどヘンリーの両親に挨拶を終えたところだった。息子の愛人の妊娠によって正妻を追い出す形になり、多少は申し訳なさそうな顔をしていた彼らだったけれど、フォークス伯爵家の後継者としての孫を楽しみにしている様子は、隠し切れず伝わってきた。そんな元義両親の顔を見て、これでよかったのだとソフィアは改めて感じた。ソフィアに跡継ぎを求められても、ヘンリーの気持ちが自分にないままでは、いつまで経っても彼らの願いは叶えられない。

ソフィアはヘンリーに向かって、最後に丁寧に頭を下げた。

「三年間お世話になりました。どうぞお元気で、ヘンリー様」

「……ああ。君もな」

自分から別れを切り出したものの、あまりにあっさりと出ていこうとする元妻に、多少もやもやとするものを感じながら、ヘンリーは踵を返した。

玄関を出ようとしていたソフィアの耳に、近付いてくる足音が届く。

「若奥様！」

「あら、デニス？」

長年フォークス伯爵家に仕えるデニスが、慌てた様子で廊下を走ってきた。白髪が交じり始めた焦げ茶の髪に、大きな眼鏡《めがね》がトレードマークの彼を見て、ソフィアが微笑む。

「よかった。あなたにも最後に挨拶をしたくて捜していたのだけれど、さっきは姿が見えなかったから」

「……ヘンリー様と離縁なさったというのは、本当なのですか？」

呆然《ぼうぜん》と尋ねるデニスに、ソフィアが頷く。

「ええ、そうよ。ヘンリー様の愛人が妊娠したのですって。だから、私はもう若奥様なんて呼ばれる立場にはないの」

「何てことだ……！」

がっくりと項垂《うなだ》れたデニスが、頭を抱える。

「若奥様に……いや、ソフィア様にどれだけ支えられていたか、ヘンリー様に自覚はないのでしょうか」

憤慨するデニスに、ソフィアがきょとんとして答える。

「女性ができる仕事になどたいしたものはないと、ヘンリー様は仰《おっしゃ》っていたわ。私一人がいなくなったところで、ヘンリー様は痛くも痒《かゆ》くもないのではないかしら」

深い溜め息をついたデニスは、労《いたわ》るようにソフィアを見つめた。

「ヘンリー様が何も理解していらっしゃらなかったとは、宝の持ち腐れだったということなのでしょうね。私どもは皆、働き者で優しいソフィア様をお慕いしておりましたよ」

ソフィアの顔に穏やかな笑みが浮かぶ。

「ありがとう、デニス。貴方の言葉だけでも、この三年間は無駄じゃなかったと思えるわ」

胸につかえていた小さなしこりが、ソフィアにはすうっと解けたような気がした。

「大変お世話になりました、ソフィア様」

「こちらこそ、今までありがとう、デニス」

デニスに差し出された手を、ソフィアが握る。

さらにすっきりと軽くなった胸を抱えて、ソフィアは三年間を過ごしたフォークス伯爵家の屋敷を後にした。

＊＊＊

ソフィアは青空の下、馬車で王都の中心へと向かった。まずは銀行に寄って小切手を換金すると、次に住む場所を探した。彼女には、一つだけ譲れない条件がある。

（王立図書館まで、歩いて通える場所にあること！）

以前に一度だけ、ソフィアは王立図書館のそばを通りかかったことがあった。王宮からも程近い場所に位置し、まるでそれ自体が王宮の一部を成しているかのような、繊細で美しい彫刻が施された見事な建物だ。いつか訪れたいと思っていた、ソフィアにとって憧れの場所でもある。

ソフィアの実家やフォークス伯爵家から、王立図書館はある程度離れてはいるものの、通えない場所にあるわけではなかった。けれど、これまでは日々の忙しさにかまけて、自分のことは後回しにしてきたために、結局ずっと行けずにいたのだ。

フリーダからは、王立図書館には王国中の書籍に加えて、外国のものまで様々な本が揃《そろ》っていると聞いていた。楽しそうなフリーダの話を聞きながら、本棚にぎっしりと並ぶ貴重な書籍を想像するだけで、ソフィアの胸は躍ったものだ。

これから先しばらくは、ソフィアは王立図書館に入り浸るつもりでいる。そのことを念頭に置くと、王都の中心で多少家賃は高いものの、王立図書館の徒歩圏内の物件であることが、ソフィアにとって必須の条件だった。

女性一人ではあったけれど、フォークス伯爵家の商いを手伝っていたソフィアは、交渉事には慣れている。

「お嬢さん、住む場所をお探しですか？」

大通りにある賃貸物件を斡旋《あっせん》する商会に入ったソフィアに、主人が尋ねる。

「ええ。王立図書館に歩いていける部屋を探しているんです」

「それなら……」

彼は、ソフィアの身なりを確認して、手元にある物件の情報をぱらぱらとめくった。数件の部屋の情報が書かれた紙を、ソフィアに差し出す。

「この辺りの部屋はいかがでしょうか？　お嬢さんにお勧めですよ。賃料はそれぞれ……」

ソフィアは部屋の情報をじっくりと眺めてから答えた。

「どの物件も、賃料が相場の三割ほど高いようですね」

主人の顔がぴくりと強張《こわば》る。世間知らずの令嬢だと思って甘く見ていたものの、彼女の言った通り、賃料はちょうど相場の三割ほど高く吹っかけていた。

「立地さえ良くて安全なら、ほかの条件は妥協します。予算は、これくらいで」

希望する物件の条件を冷静に伝えるソフィアを見て、主人は舌を巻いた。賃料相場に関する知識や、その堂々とした交渉の様子からも、若い女性であるにもかかわらず、少なくない商いの経験があることが見て取れる。

結局、足元を見られることなく、ソフィアはちょうど良い物件を見つけることができた。

早速、商会の使用人と一緒に物件の内見に訪れたソフィアが、満足そうに頷く。

「ここなら、条件にぴったりね」

大通りから一本入った静かな通りに面した、こぢんまりとしたアパートメントの三階にあるその部屋は、陽当《ひあ》たりも風通しもよく、窓からは王立図書館の屋根を遠くに臨めた。

多少築年が古くて狭いものの、その分賃料は手頃だ。古さと狭さにさえ目をつぶってしまえば、立地や清潔感、そして作り付けの家具が備わっているところまで、ソフィアの理想通りだった。

(ほとんど一日中を王立図書館で過ごす予定だし、帰って寝る場所さえあれば十分だもの。そう思えば、この部屋に何の不満もないわ)

必要最低限の出費に抑えたいというソフィアの希望にも、その部屋はおあつらえ向きだった。

すぐに賃貸契約を結んだソフィアは、ようやく安堵の息をつく。

(思ったよりもスムーズに住む場所が決まって、よかったわ)

まだがらんとした新居は、フォークス伯爵家で与えられていた自分の部屋よりも狭かったけれど、自分で決めた物件に、ソフィアは満たされる思いがした。何より、ここなら誰にも邪魔されず、我慢も遠慮もする必要はないのだ。

荷ほどきを始めたソフィアは、最初にフリーダの形見の魔導書を旅行鞄から取り出すと、嬉《うれ》しそうに棚に置いた。

翌朝、ソフィアは手早く身支度を整えると、意気揚々と王立図書館に向かった。この日も空は青く澄み渡っていて、雲一つ姿が見えない。

前日に新居の周りを探索した彼女は、裏通りに昔ながらの商店街を発見して、生活に必要な鍋などの道具を一式揃えていた。食材も数日分ストックして、新生活の準備は万端といったところだ。

（これからの暮らしに必要なものもだいたい揃ったし、これで気持ちよく王立図書館に行けるわ）

軽い足取りで王立図書館に到着したソフィアは、はやる気持ちを抑えて受付を済ませた。図書館内には、入口から懐かしい本の匂いが漂っている。思わずソフィアは胸いっぱいに息を吸い込んだ。

（ああ、幸せ……！）

ソフィアの顔から笑みが零《こぼ》れる。少し廊下を奥に進み、広々とした空間を見上げて、ソフィアが感嘆の息を吐いた。

「うわあっ……」

四階分の高さのある、吹き抜けになった中央の空間を囲むようにして、各階には背の高い本棚が見渡す限りに連なっていた。吹き抜けの上部には、天使が空を舞う様子が描かれた美しい天井画が見える。高い窓から薄く差し込む陽が、館内を照らしている。

　ソフィアはふわふわとした気持ちで、書架を見回しながら静かな館内をゆっくりと歩いた。たくさんの本に囲まれて、ソフィアの口元が自然と綻ぶ。

（時間に追われずに読みたい本をじっくり探せるなんて、何て贅沢なのかしら）

　フォークス伯爵家にいる間にソフィアが読んだものといえば、事業の勉強をするために義両親から手渡された本ばかりだ。限られた時間の中で、足りない知識を詰め込むために必死に読んだことを思い出す。本を読むこと自体は好きなソフィアだったけれど、必要に迫られて読む本と、読みたい本とはやはり異なる。突然転がり込んできた自由を満喫しながら、ソフィアは気になる本に片っ端から手を伸ばした。

　平日の午前ということもあってか、館内の人影はまばらだった。誰もいない一角を見つけたソフィアは、手にした本をテーブルの上に置くと、その前の椅子を引いて腰を下ろした。

　古びた本の表紙には、美しい書体でタイトルが描かれている。

（懐かしいわ……）

　ソフィアは目を細めると、ずっと昔にフリーダが勧めてくれた本のタイトルを指でなぞった。

『精霊と時の王国』と名付けられたその本は、ソフィアが魔導書に心を奪われるきっかけになった物語だ。十巻以上のシリーズになっている長編でもある。

　魔法陣から精霊を召喚する太古の技法を用いて、時をわたりながら王国を危機から救うヒロ

インに、幼い日のソフィアはすっかり魅了されて夢中で読んだのだ。ヒロインの少女が黒髪だったことにも、同じ黒髪の自分が救われるような気持ちになっていた。創作されたフィクションの世界とはいえ、背景の時代考証が正確だと言われるその本には、随所に素晴らしいリアリティが感じられた。

魔導書が実際に使用され、非常に力の強い最高位の精霊を召喚していた時代も、古くは存在したと言われる。精霊には、火・水・光・風・土・時を司る六種類が存在し、それぞれ力に応じて高位から低位まで分かれている。精霊の召喚に関する失われた技法を現在に蘇らせる目的で、長らく魔導書の研究が続けられているという。

本の表紙を開いたソフィアが、薄く黄ばんだ手書きのページをめくっていく。あっという間に物語に引き込まれたソフィアは、そのまま時間を忘れて読書に没頭したのだった。

夕陽が落ちる直前に、ソフィアは自分の部屋へと帰り着いた。

(ああ、楽しかった!)

ソフィアはこの日読んだ本を思い返しながら幸せを噛《か》み締めると、一つ大きな伸びをした。

「いい一日だったわ」

これほど読書漬けの一日は、ずっと幼い頃にフリーダの側《そば》で過ごした時以来のような気がする。

部屋の窓から、ソフィアは遠くに見える王立図書館を眺めた。夕陽を浴びる美しい半球形の屋根が、温かな橙色《だいだいいろ》に輝いている。

この日、一階の書架で『精霊と時の王国』を見つけたソフィアは、それ以上はあまり館内を探索しなかったけれど、もっと奥に行けばまたたくさんの本に出会えると思うだけで、わくわくと胸が躍る。

一冊一冊が手写しで作られている本は、贅沢な代物だ。買うのは難しいけれど、王立図書館でなら好きなだけ読むことができる。

満足そうに息を吐いたソフィアは、ベッドにぽすんと腰掛けると部屋を見回した。フォークス伯爵家と比べたらずっと簡素だけれど、王立図書館に通うには最高の立地にある、居心地の良い部屋だ。フォークス伯爵家にいた時は、物質的には恵まれていたものの、これほど満ち足りた気分になったことはなかったような気がする。

（ヘンリー様は、私を見ると不機嫌そうな顔をすることが多かったし）

素っ気ない夫に対して文句一つ言えなかった頃から、いつか家を追われる未来は決まっていたのかもしれないと、ソフィアは当時を振り返りながら冷静に思った。

（誰にも否定されないだけで、こんなに気持ちが楽になるのね）

フォークス伯爵家にいた時には努めて考えないようにしていたけれど、夫に自分の存在を蔑ろにされることに、ソフィアは自分で思っていた以上に傷付いていたようだ。

自分を拒絶するヘンリーから完全に距離を置いたソフィアは、心も身体《からだ》も軽くなったように感じていた。抑圧された環境に身を置くと、感覚が麻痺《まひ》して心の声が聞こえなくなってしまうようだと、今になってわかる。

実家にいた頃も、フリーダが世を去ってからは、ソフィアには居場所がなかった。何も悪いことをしたわけではないのに、妹の陰で息を潜めるように過ごしてきたことを思い出す。

「……そうだ、一つ忘れていたわ」

そう呟《つぶや》いて立ち上がったソフィアは手にしていた本を机に置くと、引き出しから便箋《びんせん》と封筒を取り出した。

(お父様とお母様に、ヘンリー様と離縁したことを知らせないと)

少し考えてから、広げた便箋にペンを走らせる。

(離縁なんてと、叱られるのでしょうね)

コートニーには甘い父親だったけれど、ソフィアには昔から厳しかった。コートニーなら離縁などされなかっただろうと、怒り狂う父の姿が目に浮かぶ。

(まあ、もう家を出た身なのだし、これ以上実家に迷惑をかけなければいいわよね)

気を取り直したように、ソフィアは最後に現在の住所を書き添えてから丁寧に便箋を畳んだ。

＊＊＊

その後、ソフィアは一週間ほどかけて、王立図書館の館内を少しずつ探索していった。王立図書館の蔵書は、彼女が想像していた以上にずっと多かった。興味を惹かれる本があるとつい足を止めてしまうソフィアにとっては、すべてのエリアをじっくりと見るにはまだまだ時間がかかりそうだけれど、それも嬉しい悩みだ。

どのフロアにどんな本があるのかをだいたい把握した頃、ソフィアが館内を歩いていると、地下に続く階段があることに気が付いた。階段脇には、書架があることを示す案内板もある。

（地下にもあるのね！）

興味を持ったソフィアは、早速地下へと向かった。静かな階段を下りるソフィアの足音が響く。少し薄暗い地下のフロアは、心なしかひんやりとしていた。

地下の入口に並んでいる二人の男性係員に、ソフィアが尋ねる。

「あの、ここに入ることはできますか？」

ソフィアの問いかけに、係員の一人が頷く。

「ええ、入れますよ。王立図書館職員専用のエリアもありますが、この奥の書架にある本なら、一般の方にもご利用いただけます。利用者名簿へのお名前の記入と、手荷物の検査も必要になりますが、構いませんか？」

「はい」

地下の階が特に厳格に管理されていることを感じて、ソフィアが尋ねる。

「この階にある本は、地上階にある本とは何か違うんですか？」

「そうですね。地下には、ランズファルト王国でも特に価値のある本が収められています。古い本も多いですね。日光が直接当たることによって、書籍が劣化するのを避ける目的もあるのですよ」

「なるほど、そのような理由があるんですね」

微笑んだ係員はソフィアに続けた。

「この奥の書架には、昔の歴史書や、数百年ほど前に作られた王国の地図、諸外国との政治や交易に関する本などが並んでいます。珍しいところだと、魔導書なんかもありますよ」

途端にソフィアの目が輝く。

「えっ、魔導書もですか⁉」

つい大きな声をあげてしまったことに気が付いて、ソフィアがはっと手で口元を覆う。

係員はくすりと笑うと、頬を紅潮させているソフィアに言った。

「ええ。ご興味があれば、どうぞゆっくりご覧になっていってください。魔導書は、一番奥の書架にありますよ」

「ありがとうございます！」

すぐに利用者名簿に名前を書き込み、手荷物の検査も受けたソフィアは、わくわくと弾む胸を抱えて、真っ直ぐに最奥の書架へと向かった。

（まさか、王立図書館で魔導書まで読めるなんて思わなかったわ）

魔導書はランズファルト王国でもとりわけ入手が難しい、特殊な本に分類される。正しく読み解いて用いれば、精霊を召喚できるかもしれず、果てしない可能性を秘めているからだ。

地下のフロアをふわりと照らす明かりを見上げて、ソフィアは興奮気味に顔を綻ばせる。それは火とは異なる、宙に浮く幻想的な丸い光の塊だった。ソフィアが目を凝らすと、静かに佇《たたず》む精霊の姿が光の中に見える。

（この王立図書館では、今でも精霊の力が活かされているのね）

遥《はる》か昔には、ランズファルト王国でも、魔法陣から精霊を召喚し、その力を借りて各地の産業を成長させ、国民の生活を豊かに保っていたと言われる。実際に王国内には、今でも当時の精霊とその力が残っているのだ。町の特性に合った属性の精霊が、その産業に力を貸していることも少なくない。

けれど、精霊の召喚は、現代では非常に難しくなっていると言われる。ごく弱い力の低位の精霊を召喚することすら難しいという話を、ソフィアは風の噂に聞いていた。魔導書の研究員ほどのレベルであっても、精霊召喚は一筋縄ではいかないらしい。

（どんなに力の弱い精霊だって、できることなら召喚してみたいものだわ）

それはソフィアにとって大きな憧れであり、かつて抱いた夢でもあった。魔導書の研究員になるという望みは、だいぶ前に断たれてしまったけれど、再び魔導書が読めるだけでも望外の喜びなのだ。

一番奥の書架の前に辿《たど》り着いた時、ソフィアははっとして立ち止まった。そして爪先立ちで一冊の本に手を伸ばす。そこには、見覚えのある魔導書があった。

(これはもしかして、大御祖母様が持っていた……?)

手にした魔導書をぱらぱらとめくって、ソフィアは確信に近い感覚を抱いていた。

(お父様が売り払ってしまった大御祖母様の魔導書が、巡り巡って王立図書館に流れ着いたのかしら)

それは、ソフィアが初めてフリーダに読み方を教えてもらった魔導書だった。ソフィアは、懐かしさに胸がきゅっと締め付けられるような心地がした。

「こんなところでまた出会えるなんて、奇跡だわ!」

その魔導書を抱えて、ついうきうきとスキップをしかけたソフィアは、王立図書館にいることをはっと思い出すと、一つ咳払《せきばら》いして近くの机の前にある椅子を引いた。周囲には、研究者らしき王国の紋章が入ったローブを纏う人がちらほらと見える程度だ。

フリーダが元気だった頃が目に浮かび、目頭が熱くなるのを感じながら、ソフィアは時間を忘れて魔導書を読み耽った。

ソフィアがようやく我に返ったのは、もうすぐ図書館が閉館であることを知らせるために、係員から声を掛けられた時だった。

名残惜しく思いながら、ソフィアが書架に魔導書を戻す。

（また明日来るからね）

心の中で魔導書にそんな声を掛けつつ、ソフィアは後ろ髪を引かれる思いで王立図書館を後にした。

それからというもの、ソフィアの日課は王立図書館の地下階に通うことになった。澄んだ青空の下を毎日歩きながら、ソフィアはふと気付いた。

（そういえば、最近お天気ばかりが続いているわね。今年に入って、水不足が国全体で問題になっていると聞いたけれど……）

徒歩で王立図書館に通うソフィアにしてみれば、天気のいい日は助かるものの、そうも言ってはいられないのかもしれないと、心配そうに晴れ渡った空を見上げる。物資の豊富な王都ではあまり実感が湧かないけれど、地方では事態はより深刻だと耳にしていた。

（昔は水の精霊の助けを借りていたのでしょうけれど、今はどうなっているのかしら？）

魔導書の研究者になる道が閉ざされた自分には、どうにもできないことを悲しく思いつつ、ソフィアは気を取り直して王立図書館へと向かった。

フリーダに教わった魔導書の内容はほぼ諳《そら》んじているソフィアは、思い出に浸りながら魔導書を読み返した。初めて見る魔導書も、読み方には共通する部分があり、ざっくりと意味は把握できる。

（何て面白いのかしら）

気になる記述を見つけた時には、ソフィアは同じフロア内の写本コーナーで、魔導書の記載をノートに書き写した。ソフィアのノートには、精緻な筆致で描かれた魔法陣や、几帳面な字で書かれた説明がびっしりと並んでいる。

地下階の入口にいる係員ともすっかり顔馴染《なじ》みになったある日、熱心に魔導書を読むソフィアに、背後から声が掛けられた。

「君、そんなに夢中になって、何の本を読んでいるんだい？」

静かなフロアで突然聞こえた涼やかな青年の声に、ソフィアは驚いて振り向く。はじめ、声を掛けられたのが自分だとは夢にも思わなかったソフィアは、周囲をきょろきょろと見回した。けれど、見る限り、その場にいるのはソフィアと青年だけのようだ。

ソフィアが戸惑いながら彼に尋ねる。

「あの、もしかして、私に話しかけましたか？」

「ああ、そうだよ」

ラフなシャツにスラックスという、気取らない服装をした青年が、ソフィアの目の前で微笑んでいた。見上げた先にある彼の顔が、滅多に見かけないような美形であることに気付いたソフィアがはっと固まる。

（うわっ、かっこいい……）

流れるような蜂蜜色《はちみついろ》の髪に彩られた端整な顔には、知的な緑色の瞳が輝いている。ソフィアよりも五、六歳は年上と思《おぼ》しき彼の穏やかな笑顔には、親しみやすさが感じられた。

（いったい、私に何のご用かしら？）

戸惑いながらも、ソフィアは魔導書を開いたまま両手で持ち上げ、その表紙を彼に向けた。

「今読んでいるのは、魔導書なんです」

興味津々といった様子で魔導書の表紙を眺める青年を見て、思わずソフィアの言葉に熱が籠もる。

「こんなに貴重な本が王立図書館で読めるなんて、凄《すご》いことですよね」

青年はじっとソフィアを見つめた。

「……君、その魔導書が読めるのかい？」

「ええ、ある程度なら」

「へえ、そうなんだ」

きらりと青年の目が光ったことに、ソフィアはまだ気付いてはいなかった。

第二章　本好きの友人

しばし魔導書の表紙を眺めていた青年が、ソフィアに向かってにっこりと笑った。

「ありがとう、教えてくれて」

「どういたしまして」

ソフィアは魔導書を再び机の上に戻した。青年が彼女に尋ねる。

「君が見ているそのページを、ちょっと見せてもらってもいいかい？」

「ええ、どうぞ」

青年は、ソフィアの肩越しにひょいっと魔導書を覗《のぞ》き込んだ。ソフィアが今開いていたページには、左側に魔法陣が描かれ、右側には細かな古代文字がびっしりと書き込まれている。

開かれたページをしげしげと眺める青年に向かって、ソフィアが説明する。

「これは、光の精霊の召喚についての章なんです」

ソフィアは、地下のフロアを照らす丸い光の塊を見上げて指差した。

「この場所を照らす、あの丸い明かりを作り出した精霊の召喚に使われた魔法陣が、左のページのものです」

「詳しいんだね。……君にこんなことを聞くのも何だが、あの明かりのところに、君は何か見えるかい？」

不思議そうにしながらも、ソフィアが頷く。

「はい。この魔導書に描かれている精霊が、あの明かりの奥に見えます」

「そうか」

再び青年の顔が綻ぶ。

「最近、よく君の姿をここで見かけていたんだが、あまりに楽しそうに魔導書を読んでいるから、つい声を掛けてしまったんだ。シャルローゼの民の古代文字を君ほど読める人は、この王国にはほとんどいないと思うよ」

ソフィアは驚いて青年の顔を見つめた。シャルローゼの民とは、主な魔導書を後世に残した流浪の民だ。始祖のシャルローゼは、精霊と対等に言葉を交わす友人だったと言い伝えられ、その子孫も精霊に愛されていたと言われている。

魔導書に残されているのは、口頭で一族に伝承されてきた内容の一部だと言われるけれど、シャルローゼの民の古代文字は特殊で、理解できる者は少ない。シャルローゼの民の古代文字を知っている目の前の青年は、魔導書に詳しいに違いなかった。

ソフィアの頬が恥ずかしそうに染まる。

「すみません。説明する必要なんてありませんでしたね」

「いや、勉強になるよ」

青年が声を弾ませる。

「君はどうやって魔導書の読み方を学んだんだい？」

「幼い頃、曽祖母フリーダから教わりました。外国の本にもとても詳しくて、魔導書を含めて、本の世界の奥深さや素晴らしさを知ったのは、曽祖母のお陰なんです」

「そうだったのか。曽祖母上は聡明な方だったんだね」

「はい」

顔を輝かせたソフィアが続ける。

「いろんなことを教わるうち、すっかり魔導書の魅力に取りつかれてしまって。曽祖母が他界してからしばらく、魔導書から離れていたのですが、王立図書館に魔導書があると知って、最近はここでひたすら魔導書を読んでいます」

ソフィアの言葉に、青年は嬉しそうに言った。

「俺も、魔導書を読むために、このところよくここに来ているんだ。君とは気が合いそうだね。俺はジャスティン、君の名前は？」

「私はソフィアと言います」

名乗ったのと同時にはっとして、ソフィアは焦ったように手元の魔導書を見つめる。

「もしかして、ジャスティン様はこの魔導書を読もうとなさっていたとか？　お邪魔をしてしまっていたらごめんなさい……！」

慌てた様子のソフィアを見て、ジャスティンと名乗った青年はくすりと笑みを零した。

「いや、そんなことはないよ。ただ、君のような人に出会えて喜んでいるのは確かだ。……もし君に時間があるなら、この後もう少し話さないか？」

普段はわりと慎重なソフィアだったけれど、ジャスティンには不思議と警戒心を覚えなかった。図書館内なのでひそひそと声を落として話していたけれど、彼ともっと魔導書について話したいという気持ちが、胸の中で膨らんでいく。

（こんな方と会う機会なんて、なかなかないもの）

魔導書に興味があるというジャスティンに偶然出会えたことを嬉しく思っていたのは、ソフィアも同じだった。

「ええ、喜んで。この魔導書だけ、すぐに元の書架に返してきますね」

早速立ち上がったソフィアが、手にしていた魔導書を高い位置にある書架に返却しようと背伸びすると、ジャスティンが自然な動きで魔導書を受け取り、書架に返してくれた。

（ジャスティン様って、親切な方ね）

彼が書架に魔導書を戻す時、互いの手と手が触れて、ソフィアの鼓動が微かに速くなる。

「ありがとうございます、ジャスティン様」

「どういたしまして。それから、俺のことはジャスティンで構わないよ」

彼が自分を友人として認めてくれた気がして、ソフィアの口元が綻ぶ。

「ふふ。では、ジャスティンさんと呼ばせてもらいますね。私のことはソフィアと呼んでください」

「わかった。じゃあ行こうか、ソフィア」

「はい！」

ソフィアはジャスティンに手招きされるまま、彼の後について王立図書館を後にした。

楽しげに並ぶ二人の背中を見て、王立図書館の係員が目を丸くしていたことを、ソフィアは知る由もなかった。


ジャスティンと一緒にソフィアが訪れたのは、王立図書館にも程近いカフェだった。

「この店でいいかな？」

彼の言葉に、ソフィアは微笑む。

「はい。ここは、私もよく来るお気に入りのカフェなんです」

「そうか、ならよかった」

ジャスティンもソフィアに笑みを返した。

王立図書館は飲食物の持ち込みが禁止されているけれど、その近くには小洒落《こじゃれ》たカフェが点在している。ソフィアも小腹が空くと、近場のカフェを利用することが多い。

いくつかのカフェに足を延ばしたソフィアが最も気に入ったのが、ランチもコーヒーも美味《おい》しく、一息つくにもぴったりの、ジャスティンと訪れたカフェだった。落ち着いた雰囲気ながらも程よく賑わっていて、お喋《しゃべ》りをするにもちょうどいい。

テーブルを挟んで座った二人は、コーヒーを注文してから、魔導書をはじめとする本の話に花を咲かせた。

火・水・光・風・土・時といった各属性の、高位から低位までの様々な精霊やその特徴について、ジャスティンは驚くほどに詳しかった。さらに、様々な外国の本まで読んでいるところや、『精霊と時の王国』が好きだというところまで同じで、ソフィアもいつになく饒舌《じょうぜつ》になる。

（こんなに気が合う人がいるなんて）

ソフィアは、いわゆる美形の異性はあまり得意なほうではない。両親や元夫のヘンリーから、妹ばかりが美しいと褒めそやされて劣等感を抱えていたために、綺麗《きれい》な顔立ちの男性を前にすると、少なからず萎縮してしまうところがあるからだ。

けれど、趣味の合う友人として、ジャスティンは最高の青年だった。聡明で知識が豊富なうえに、ソフィアの話にもじっくりと耳を傾けてくれる。ジャスティンに対しては、ソフィアは緊張を感じることもなく、すっかり打ち解けていた。

満面の笑みで、ジャスティンがソフィアを見つめる。

「こんなに楽しい時間を過ごしたのは、久し振りだよ」

「私も同じです。それにしても、ジャスティンさんは本当に博識ですね」

「それは俺の台詞《せりふ》だよ。……ソフィア、君に聞きたいことがあるんだが」

「ええ、何でしょうか？」

急に真剣な顔つきになったジャスティンが続ける。

「君は、魔導書の研究員になろうとは思わなかったのかい？」

この日初めて、ソフィアの表情が微かに陰った。

「昔は、魔導書の研究員になることが私の夢だったんです。曽祖母は私の夢を応援してくれたのですが、両親には、私程度の知識では到底無理だと窘《たしな》められました」

「こんなにソフィアは優秀なのにな」

憤慨した様子のジャスティンに、ソフィアが微笑む。

「ジャスティンさんは優しいですね」

ソフィアはふっと遠い目をした。

「それに、研究員になるには、どなたか王族の方の推薦が必要になると聞きます。研究課程まで魔導書の学習を修めることが叶わなかった私には、王族の方の推薦を得ることなんて叶うはずがないので」

魔導書の研究は、ランズファルト王国の直下で行われており、研究員になるためには王族の推薦が必要になる。但し、魔導書の研究課程まで進んだとしても、一握りの優秀な学生にしか、研究者になるための推薦は得られないという。卒業してすぐに家業を手伝い、慣れ始めた頃にはヘンリーに嫁ぐことになったソフィアには、夢に挑戦する機会すら与えられなかったのだ。

「でも、私が魔導書や本を好きなことには変わりはありませんし、それがきっかけで、こうしてジャスティンさんとも楽しく話せましたから。いいことだってあるものですね」

思案顔をしていたジャスティンに、今度はソフィアが尋ねた。

「ジャスティンさんは、どうしてこれほど魔導書に詳しいんですか？　魔導書だけでなく外国の本に至るまで、こんなに幅広い古典文献を読解されている方に会ったのは初めてです」

「俺もソフィアと同じで、とにかく本が好きだからね。これまでずっと本に携われていることは、俺にとって幸運だったよ」

「何か、本に携わる仕事をしているのですか？」

「……俺は、王立図書館に関する仕事をしているんだ。今日は休暇だがね」

ジャスティンの言葉に、ソフィアが顔をぱっと輝かせる。

「わあ、王立図書館に関するお仕事を⁉　羨《うらや》ましいです！　……あの、一つ教えてもらってもいいですか？」

「ああ、何だい？」

「魔導書のような非常に貴重な本が、王立図書館に置いてあるのはなぜなんですか？　ランズファルト王国民なら誰でも、自由に手に取ることができますよね。私、まさか魔導書まで王立図書館にあるとは想像もしていなくて、あると知った時にはびっくりしたんです」

ソフィアの素朴な疑問に、ジャスティンが答える。

「一言で答えるなら、公益のためということになるかな。価値のある情報を、王族や貴族の一部だけが独占するよりも、広く興味のある国民に共有するほうが、結局は国のため、ひいては国民全体に資するという考え方に基づいているんだ。まあ、古くて保存状態の悪い本のように、どうしても一般用の書架に置くのが難しい本はあるがね」

「なるほど、そういうことなんですね」

彼の答えが想像以上に詳しいことに驚きながら、ソフィアが頷く。

「例えば、国民の誰かが魔導書を読み解いて、魔法陣から高位の精霊を召喚する技法を復活させることができたなら、ランズファルト王国のためにもなるし、国民全体にとっても利益になる。そんな逸材が出てくるかもしれないからね。その可能性を閉ざさないためにも、広く一般に利用できるようにしているんだ」

ジャスティンはソフィアを感慨深げに見つめた。

「君の魔導書に対する豊富な知識には、正直に言って舌を巻いたよ。しかも、多くの外国語まで使いこなせるなんて、ランズファルト王国でもあまり聞いたことがない。君は、何か魔導書や外国の本に関係するような仕事をしているのかい？」

ソフィアは首を横に振った。

「いえ、今は何の仕事もしていません。少し前までは、貿易関係の仕事を手伝っていました。

外国とのやり取りも多かったので、それを活かせる仕事をまた探すつもりでいますが……もうしばらくは、自分を甘やかして息抜きをするつもりです」

何かあったのだろうと察した様子で、ジャスティンが温かく微笑む。

「人生には、そういう時間も必要なんじゃないかな」

「そう、そうなんです！　自分でも、そう言い聞かせています。好きなことだけに没頭している今は、本当に幸せなんです」

ソフィアがふと窓の外に目をやると、既に空は橙色に染まり始めていた。目の前にいるジャスティンに視線を戻した彼女が、丁寧に頭を下げる。

「今日はお時間をありがとうございました、ジャスティンさん」

「こちらこそありがとう、ソフィア。あっという間に、もうこんな時間になっていたんだな。君の家まで馬車で送るよ」

「いえ、大丈夫です。歩いて帰れる距離に部屋を借りているので、お気遣いなく」

ふっとジャスティンが笑みを零す。

「なら、ソフィアが嫌でなければ、歩いて君の家まで送るよ。もう少し君と話がしたかったんだが、どうかな？」

親切な彼の申し出に、ソフィアも笑みを返した。

「では、お言葉に甘えさせてもらいますね」

この日会ったばかりとは思えないほど、ソフィアはジャスティンに気を許していた。気が合うだけでなく、彼と話していると知的好奇心が刺激されるのを感じる。

さらに、当然のようにコーヒーをご馳走してくれた彼に、ソフィアは頭が下がりっぱなしだった。今度は私がご馳走しますと言うと、また君の時間をもらえるだけで十分だと笑って流されてしまった。

思い付くままジャスティンと話をしているうちに、気付けばソフィアは家の前に着いていた。

「私の家はここです。送ってくれて、ありがとうございました」

「こちらこそ、今日はありがとう。ソフィアと話せてよかったよ。また王立図書館に来てくれるかい？」

「ええ、もちろん。明日も行く予定です」

「それなら、明日も声を掛けさせてもらうよ。ソフィアに会えるのを、楽しみにしているから」

笑って手を振るジャスティンに、ソフィアも手を振り返す。

（こんな素敵な友人ができるなんて、何て幸運なのかしら）

フリーダの言っていた通り、自分の好きなことを大切にしてよかったと、ソフィアはしみじみと感じていた。

（またジャスティンさんに会えそうで、嬉しいわ。……でも、ジャスティンさんっていったい何者なのかしら？）

部屋のある三階まで階段を上りながら、ソフィアは小首をかしげる。ジャスティンはにこにこと柔和な笑みを浮かべてはいたけれど、頭の回転がとてつもなく速いうえに、知識量が半端ではなかった。実家や元夫の家の事業を通じて、様々な人と仕事をした経験のあるソフィアでも、彼のような人には出会ったことがない。只者ではない、というのがソフィアの彼に対する印象だ。さらに、ラフな服装をしてはいたけれど、その物腰や凛《りん》とした佇まいには、隠し切れない品の良さが感じられた。

（まあ、せっかくいいお友達になれたんだし、そんなことを詮索する必要もないか）

楽しかった彼との時間を思い出し、ソフィアの胸が温まる。

家まで送ってくれたジャスティンの夕陽に照らされた横顔の美しさに、ほんの一瞬どきりとしてしまったことは、彼には内緒にしようとソフィアは思ったのだった。

＊＊＊

王立図書館の地下階の入口で、ジャスティンとソフィアが並んで出ていく様子を見送っていた係員二人は、思わず顔を見合わせた。

「なあ、今通ったのって……」

「ああ。ジャスティン王弟殿下だったよな」

驚いた様子で、係員の一人が呟く。ジャスティンは普段、地下の階にある職員専用の出入口を使うことが多く、一般の利用者と同じ場所を通ることは滅多にないからだ。

さらに、彼が親しげにソフィアと話していたことに、係員たちは驚愕《きょうがく》していた。この日はラフな格好をしてはいたものの、王立図書館の責任者を務めるジャスティンのことを、彼らが見間違えるはずもない。

「王弟殿下の隣に並んでいたのは、最近毎日のように来る、あの感じのいい黒髪の子だったよな？」

「そうそう。礼儀正しくて勉強熱心な、楚々《そそ》として可愛い子だよ。魔導書を読みに通ってきている様子だったけど、ジャスティン王弟殿下の目に留まったのかな？」

「そういえば、王弟殿下もここ最近、魔導書の書架の辺りでよく見かけていたからな。彼女に興味を持ったのかもしれないが……あんなに楽しそうな王弟殿下を見たのは、初めてのような気がするよ」

王弟の存在に気付いて、慌てて敬礼した二人に対して、ジャスティンは唇に軽く人差し指を当てていた。

「……あのジェスチャーは、ご自分が王弟であることを、彼女に内緒にしておいてほしいっていうことかな？」

「ああ、そうだろうな。見る限り、あの子は一緒にいるのがジャスティン王弟殿下だとは気付いていないみたいだったし、友人と一緒にいるような雰囲気だったからな。相手が王弟殿下だと知っていたら、さすがに緊張して、あんな風には話せないだろう」

気の置けない様子だったジャスティンとソフィアの様子を思い出した係員たちは、二人が去っていった方向をつい見つめてしまったのだった。

＊＊＊

ジャスティンがソフィアの存在に気付いたのは、十日ほど前に遡る——。

探している魔導書が書架にないことに気付いた彼は、誰がその魔導書を読んでいるのだろうと、好奇心から辺りを見回した。その時彼の目に入ったのは、熱心に魔導書を見つめ、ページをめくる一人の令嬢の姿だった。

（……!?）

楽しそうに魔導書を読む令嬢に驚きながら、ジャスティンは静かに彼女に近付くと、その様子を観察した。魔導書に夢中になっているせいで、側にいるジャスティンの存在に、彼女はまったく気付いてはいないようだ。

まずジャスティンが驚いたのは、彼女が魔導書のページをめくる速さだった。さらさらと目を走らせては、次々にページをめくっていく令嬢を見て、彼は驚愕していた。

（まさか、あの速さで魔導書を読んでいるのか？）

シャルローゼの民の古代文字は複雑で難解なうえに、既に民が散り散りになってしまっていることもあり、正しい知識を受け継ぐ者はほとんどいない。さらに、主に口頭で知識が伝承されていることも手伝って、近年ではさらに読み解くことが難しくなっている。

ほかにも少数の魔導書は伝わっているけれど、最も精霊召喚の技術に優れていたと言われるのが、シャルローゼの民の魔導書だ。シャルローゼの民は国を転々としていたとされ、謎の多い民としても知られる。

魔導書に描かれる魔法陣には、古代の召喚技法を彷彿とさせる、幻想的で美しいものが多い。彼女が興味のままにページをめくっているのかとも思ったジャスティンだったけれど、毎日のように王立図書館の地下を訪れ、魔導書を読み耽る彼女を観察して、どうやら内容を理解しているようだと察したのだ。さらに、魔導書を抱えて写本コーナーに移動し、慣れた様子でノートにシャルローゼの民の古代文字を写し取っていく彼女を見て、その能力は本物なのだろうと、確信に近い感覚を抱いていた。

（どうして、これほどの才能の持ち主が、ランズファルト王国で陽の目も見ずに埋もれていたのだろう？）

不思議に感じたジャスティンだったものの、裏から手を回して彼女の調査をするよりも、自ら彼女に声を掛けて確認するほうが早いだろうと判断した結果、すっかり意気投合してしまった。

――魔導書の知識の有無を知ることが目的で話しかけたはずが、互いに本好きという共通項も手伝って、ジャスティンはいつの間にか、心からソフィアとの会話を楽しんでいた。彼女の深い知識に驚いただけでなく、本に対する熱量が話していて心地良く、つい話し込んでしまったのだ。

ただ、ソフィアが自分の知識を特別なものだと自覚していないことは謎だった。現役の魔導書の研究員でも、ソフィアほどの知識を備えている者はほぼいないと断言できる。もし彼女が研究員を目指していたなら、今頃は当然のように活躍していたことだろう。

(曽祖母に魔導書の読み方を教わった……か)

もう随分と前に亡くなったという彼女の曽祖母フリーダの話に、ジャスティンは興味深く耳を傾けた。まだ幼かった彼女が、曽祖母からそれだけの知識を吸収したことも脱帽ものなら、彼女の才能に気付けなかった、曽祖母以外の周囲の人間にも疑問が残る。

今になって王立図書館に毎日のように通うソフィアのことは、まだ知らない部分も多い。それでも、魔導書や本のことを楽しそうに話していた、前向きで温かなソフィアの人柄に触れて、ジャスティンは彼女と友人になれたことを嬉しく感じていた。

（俺が王弟であることを知られて、壁を作られてしまいたくはないからな）

自分と同程度の知識レベルで意見交換ができる仲間というのは、これまで彼にもいたことがない。

家に入っていくソフィアの背中を見送っていたジャスティンに、焦ったように背後から声が掛かる。

「ジャスティン殿下！　こんなところにいらっしゃったなんて……！」

ジャスティンよりも年上の赤髪の青年が、ジャスティンに駆け寄ってくる。主のジャスティンを見つめて、彼は溜め息交じりに言った。

「また僕の目を盗んで抜け出して。危険な目にでも遭ったらどうするおつもりですか？」

「マリウスが四六時中、俺の側についている必要があるとは思えないがな。王都の治安が良いことは、君も十分に知っているだろう」

「まあ、そうですけど。でも、殿下の側仕えをしている僕の立場だって考えてくださいよ」

マリウスに促されるようにして、ジャスティンは馬車へと乗り込む。

ソフィアの家を振り返ったジャスティンの顔には、楽しげな笑みが浮かんでいた。

＊＊＊

翌日以降も、ソフィアが朝から王立図書館を訪れると、ジャスティンは約束通りに彼女に声を掛けてきた。

ジャスティンは、王立図書館のスタッフと同じ、ランズファルト王国の国章が刺繍されたローブを纏っていた。忙しそうに見えるジャスティンではあるものの、時間を見つけてはソフィアに話しかけてくれる。そんな彼と話す時間が、いつしかソフィアの楽しみになっていた。

魔導書の話に限らず、何気ない日々の話など、ジャスティンとは様々な話をした。時間が合う時には、一緒にカフェでランチをとる。同じ趣味を持つ友人と過ごす時間は、ソフィアにとってささやかな幸せを感じられるひとときだ。

気の向くままに会話をする間柄になったジャスティンだったけれど、ソフィアのことをそれ以上詮索してくることはなかった。仲は良くても、ソフィアへの配慮が感じられ、あえて踏み込んでこないジャスティンの礼儀正しさに、ソフィアの彼に対する信頼はさらに増していた。

それから一月ほどが経ったある朝、いつものようにソフィアが王立図書館の地下を訪れていると、背後から聞き慣れた声が掛けられた。

「おはよう、ソフィア」

ソフィアは嬉しそうに顔を綻ばせる。

「ジャスティンさん、おはようございます」

「ちょっとこっちに来てくれないか」

手招きをするジャスティンを見て、不思議そうにしつつもソフィアは頷く。

「……？　はい」

彼が向かっていったのは、王立図書館の職員専用のエリアだった。ソフィアが困惑気味にジャスティンに尋ねる。

「私が入ってもいいのでしょうか？」

「ああ。俺と一緒なら問題ないよ」

職員専用と書かれたドアをくぐり、ジャスティンについていったソフィアの目に、古い本の並ぶ書棚が映る。ジャスティンは書棚から一冊の本を取り出した。

「これはかなり古い魔導書で、取り扱いには注意が必要だから、一般利用者用の書架には置いていないものなのだが……」

机の上に置いた魔導書の表紙を、そっとジャスティンが開く。ぼろぼろの外観とは対照的に、開かれたページに残る魔法陣の絵には鮮やかな色が残っている。

途端に目を輝かせたソフィアに、ジャスティンが続けた。

「ソフィアの様子からすると、一般利用者用の書架にある魔導書はそろそろ読み終えるところだろう？　君なら、この場所にある魔導書も慎重に扱ってくれると信頼できるから、ここでなら読んでもらって構わないよ」

「本当ですか⁉」

ソフィアの頬が興奮気味に紅潮する。ジャスティンに言われた通り、地下の書架に並ぶ魔導書にはだいたい目を通したところだったソフィアにとって、新しい魔導書が読めることは純粋に嬉しかったのだ。

ジャスティンが笑顔で頷く。

「ああ、もちろん。ただ、できればソフィアに協力してほしいことがあるのだが、どうだろうか？」

「私にできることなら、喜んで。何をすればいいんですか？」

「それなら……」

机に置かれた魔導書の、開かれているページの一部をジャスティンが指差す。

「筆記体で古代文字が書かれているせいで、何が書かれているのか読めない箇所や、そもそも古代文字が意味する内容を掴《つか》みづらい部分があるんだ。もし、君が目を通して何かヒントが得られたら、俺に知らせてもらえると助かる。このような栞《しおり》が挟んである箇所だ」

魔導書の開かれているページの間には、よく見ると、ランズファルト王国の国章が描かれた栞が挟まれていた。ほかにも、栞が覗いているページが数か所ある。

「何だか面白そうですね」

わくわくとページを覗き込んだソフィアに、ジャスティンが続けた。

「わからなくても問題はないから、あまり難しく考えないでほしい。あくまで、君が魔導書を読んだ時に、何か気付いたことがあればといった程度でお願いできたら嬉しい。ここにある筆記用具は、自由に使ってくれ」

「はい、わかりました！」

早速楽しげに栞の挟んであるページを確認し始めたソフィアに、ジャスティンが続ける。

「俺はしばらく仕事に戻るが、また昼前にはここに戻ってくる。ソフィアさえ良ければ、一緒にランチに行かないか？」

ソフィアはにっこりと笑った。

「ええ、ぜひ。楽しみにしていますね」

ジャスティンが開いていったページの内容は、ソフィアにとって読めないことはなさそうだった。ほっとソフィアが胸を撫で下ろす。

（これなら、私にもある程度はわかりそうだわ）

王立図書館のレリーフの透かしが入った用紙に、ソフィアがさらさらと筆を走らせていく。

難解なページもあったけれど、じっくりと前後のページを読むと、意味を推測できる部分も少なくない。

知的好奇心が刺激される課題と向き合って、ソフィアはうきうきとしていたのだった。

「お待たせ、ソフィア」

目の前に現れたジャスティンを見て、ソフィアははっとして壁に掛かった時計を見上げた。

時計の針は、彼が約束した通りの正午前を指している。

「もう、こんな時間だったんですね……！」

ペンを置いたソフィアは、椅子から立ち上がると一つ伸びをした。

「夢中になってしまって、時間が経つのを忘れていました。この魔導書、とても面白いですね」

ソフィアが笑顔でジャスティンを見つめる。

「これはかなり古いものなのだが、難しくはなかったかい？」

「確かに、複雑で読みづらい部分もあるのですが、新しい学びもあって興味深いです。栞を挟んでいただいたページについても、一通りまとめたものを今日中に渡しますね」

手元の書きかけの用紙を指し示したソフィアを見て、ジャスティンが目を丸くする。

「今日中、だって？」

「……もっと急いだほうがよさそうですか？」

ジャスティンは慌てて首を横に振った。

「いや、少なくとも数日はかかると思ったから、びっくりしたんだ。ちょっと見せてもらってもいいかい？」

「ええ、どうぞ」

ソフィアに手渡された紙の束に目を走らせたジャスティンが、みるみるうちに破顔する。

「……素晴らしいな。君には驚かされてばかりだよ」

頭脳明晰《めいせき》な彼に認められることが、ソフィアにはとても誇らしかった。彼女の頬が薄く色付く。

「どれも私の解釈ですが、少しでもお役に立てたら嬉しいです」

「ああ、また後でじっくりと読ませてもらうよ」

ジャスティンが声を弾ませる。

彼は着ていたローブを脱ぐと、ソフィアに笑いかけた。

「さあ、行こうか。ランチを食べながら、話の続きを聞かせてくれ」

「はい」

図書館員専用の裏口から、ソフィアはジャスティンと並んで外に出た。ずっと地下にいたせいか、照り付ける陽射《ひざ》しが一際眩《まぶ》しく感じられる。思わず目の前に手をかざしたソフィアだったけれど、なぜか視線を感じて辺りを見回した。

（……あら？）

立派な身なりをした赤髪の青年が、少し離れた場所から二人を見つめていた。向けられている視線が気のせいではないようだと気付いて、ソフィアがジャスティンの肘をつつく。

「あの、向こうに立っている方は、もしかしてジャスティンさんのお知り合いですか？」

ちらりと赤髪の青年を眺めたジャスティンが、小さく息を吐く。

「まあ、そんなところかな」

ジャスティンは声を落とすと、ソフィアの耳元で囁《ささや》いた。

「このまま、少し走れるかい？」

悪戯《いたずら》っぽく笑うジャスティンの顔が間近に迫って、ソフィアの頬がかあっと染まる。

（ち、近いわ……！）

普段は年上の友人としてしか見ていないジャスティンだけれど、これほど美しい顔が近付くと、嫌でも意識してしまう。

一瞬固まったソフィアは、どぎまぎとしながら頷いた。

「は、はい！」

ソフィアの返事を聞いて、ジャスティンが楽しげに彼女の手を取る。

「よし、行こう」

そのまま、ジャスティンは勢いよくソフィアの手を引いて駆け出した。手を繋いで走り去る主たちを、赤髪の青年——マリウスが仰天して見つめる。

「ええっ、ジャスティン殿下⁉」

研究に明け暮れていて、女性には目もくれなかったはずの主が女性と手を繋いでいる様子に、マリウスはぽかんと立ち尽くしていた。

（ジャスティン殿下に、何があったんだ？　今の令嬢は、確かこの前見かけた方と同じ……）

艶やかな黒髪を靡《なび》かせた後ろ姿は、彼にも見覚えがある。

はっとマリウスが気付いた時には、既に二人の姿は見えなくなっていた。

行きつけのカフェに辿り着いたソフィアは、肩で息をしながらジャスティンを見上げた。ソフィアより先に、ジャスティンが口を開く。

「悪かったね、付き合わせてしまって」

「いえ。……あの方は誰だったんですか？」

繋がれたままのジャスティンの大きな手の温もりを感じて、ソフィアはそわそわとしながら彼に尋ねた。

「今はあまり気にしないでくれ。いずれ、君にも彼を紹介するよ」

（あの方はジャスティンさんを待っていたように見えたけれど、ジャスティンさんは私にこんなに時間を割いて大丈夫なのかしら？）

遠慮がちにジャスティンを見上げたソフィアに、彼は軽くウインクをした。

「ソフィアと二人で過ごせるせっかくの時間を、彼に邪魔されたくはないからね。こんなに走らせてしまって、君にはすまなかったが」

「私なら大丈夫です」

ソフィアは、走ったせいで鼓動が速くなっているのか、それとも彼の言葉に胸がどきどきしているのか、自分でもよくわからなかった。

ただ、彼の言葉が素直に嬉しいのは確かだった。

「お詫びを兼ねて、好きなものをご馳走するよ。食後に甘いものでも食べようか?」

「わあ、いいんですか?」

「ああ、もちろん」

「……でも、結局いつもジャスティンさんにご馳走になっていますよね?」

いつかお返しをしたいと思っていたソフィアだったけれど、ジャスティンが彼女からお金を受け取ってくれそうな気配はない。常に先回りして、さらりと会計を済ませてしまうからだ。

「そのくらい、お安い御用さ。それに、そんなこととは比べ物にならないくらい、君からは楽しい時間をもらっているからね」

にこやかに笑う彼を見て、ソフィアは胸に浮かんだ疑問にそっと蓋《ふた》をした。

(ジャスティンさんが何者なのかを聞くのは、やっぱりやめておこう。彼だって、私のことを詮索する気配はないし)

さっきジャスティンを待っていたようだった赤髪の青年は、彼の部下か付き人のようにソフィアには見えた。

王立図書館の要職に就く高位貴族のように思われるジャスティンだったけれど、彼の地位を直接聞くのも憚《はばか》られたし、現実を知って、彼の存在が遠くなってしまうのも寂しいような気がする。

（こんなに素敵なお友達と過ごせるだけで、私にとっては十分すぎるくらいだわ）

揃って食後に季節のフルーツタルトを食べながら、二人は長めのランチタイムを楽しんだのだった。

＊＊＊

その日、栞の挟まった魔導書のページについてまとめた資料をジャスティンに手渡してから、ソフィアは帰路に就いた。

（あんなに喜んでもらえるなんて、思わなかったわ）

ソフィアの渡した紙の束に、興奮気味に目を走らせていたジャスティンの様子が思い出される。

（少しでも、日頃お世話になっている彼へのお返しになったらいいな）

幸せな気分で、足取りも軽く家に着いたソフィアは、郵便受けに一通の手紙を発見した。

手紙を裏返し、差出人の名前を確認した彼女の表情が曇る。

「……お父様だわ」

忘れた頃に実家から届いた手紙を、気が進まないながらも部屋で開封する。便箋には、離縁されたソフィアに対する激しい非難の言葉に加えて、ブルック伯爵家からは除籍する、二度と実家には帰ってくるなと厳しい調子で綴《つづ》られていた。

（まあ、だいたい想像していた通りかしら）

ソフィアがふっと溜め息をつく。政略結婚で嫁がせたはずの娘が離縁したことに、両親ならばソフィアを庇《かば》うよりも責めるに違いないと、概《おおむ》ね予想はついていた。ただ、ヘンリーから言い渡された離縁にもかかわらず、彼の気持ちを繋ぎ止められなかったことをなじられ、勘当するとまで断言されたことで、自分は政略結婚の駒でしかなかったのだと、ソフィアの胸に虚しさが込み上げる。

（言われなくたって、実家に帰るつもりはないもの。それに、今は毎日が楽しいから、もう実家のことなんて構わないわ）

大好きな魔導書に囲まれた環境にいること、そしてジャスティンのような素晴らしい友人に恵まれたことに、ソフィアは改めて感謝を覚えていた。

（……でも、そろそろ仕事を探し始めようかしら）

今後のためにも、しっかりと足元を固めることが必要だとソフィアも自覚している。

毎日のようには王立図書館に通えなくなることや、ジャスティンとなかなか会えなくなることを想像すると、後ろ髪が引かれる思いはするものの、どこかで現実と折り合いをつけなければならない。

幸いなことに、ヘンリーから受け取った慰謝料はまだ十分に残ってはいたけれど、残高が減っていく様子をただ眺めるのは、それほど気持ちのいいものではなかった。

（もう少ししたら、この近くに働ける場所がないか探してみよう）

ソフィアの頭には、ジャスティンがこの日見せてくれた、王立図書館の職員専用エリアに並ぶ魔導書が浮かんでいた。

仕事終わりや休日には、せめて王立図書館に通って魔導書を読みたい。その希望を叶えるために、できる限り支障のない仕事を探そうとソフィアは考えたのだった。

第三章　仕事の誘い

ソフィアが実家からの手紙を受け取った翌朝、いつも通りに王立図書館の地下を訪れると、既にジャスティンが彼女を待ち詫びていた。

ジャスティンは開口一番、ソフィアに満面の笑みで言った。

「昨日君が作ってくれた資料、素晴らしかったよ」

「本当ですか？」

「ああ。期待以上としか言いようがない」

ソフィアも嬉しそうに笑う。

「曽祖母のフリーダに教わったことがお役に立ったなら、何よりです」

ジャスティンはしげしげとソフィアを見つめた。

「君の曽祖母上――フリーダさんは、魔導書に深い見識をお持ちだったのだな」

魔導書に関する基本的な知識だけでなく、本質的に何が重要かを見極める判断力まで、ソフィアは曽祖母フリーダから受け継いでいるようだった。そのような感覚に恵まれていることは、一種の天賦の才能だともいえ、後天的に身に付けることは難しい。

（ソフィアの能力を見抜いたフリーダさんから、英才教育を施されていたといったところだろ

うか）

フリーダはソフィアが幼い頃から、その才能に気付いていたのではないかとジャスティンは思った。

「曽祖母も読書好きで、特に魔導書には興味を惹かれたのだと生前に話していました。若い頃から好奇心が旺盛だったようなので、それも手伝って物知りになったのかもしれません。私に様々な知識を教えてくれる時も、いつも楽しそうでした」

「なるほどな。君のような人が育った背景が、俺にも少しわかったような気がするよ。……また、昨日の場所で魔導書を読むかい？」

「はい、ぜひお願いします！」

ジャスティンと一緒に、ソフィアは再び王立図書館の職員専用エリアに足を踏み入れる。

わくわくと胸を弾ませるソフィアに、ジャスティンが書架を示した。

「この書架にある魔導書は、好きに手に取ってくれて構わないよ。どれも古いから、扱いには注意する必要があるが、それさえ気を付けてくれれば問題ない」

「昨日と同じように、もし私にできることがあれば、ぜひお手伝いしたいのですが」

「ありがとう、頼もしいよ。……そうだ、それなら、これを」

彼は、表紙の擦り切れかかった古い魔導書をソフィアに手渡した。

「この魔導書にも、いくつか栞が挟んであるんだ。また君の見解を教えてもらえると助かるよ。

ところで……」

ジャスティンがソフィアを見つめる。

「俺の手元には、ここにはない魔導書の写しもあるんだ。王立図書館に所蔵されている魔導書は館外に持ち出せないが、写しなら君に貸すことができる」

「えっ、いいんですか⁉」

ソフィアの頬が紅潮する。

「ああ、後で持ってくるよ。ほかに、魔導書の研究に関する文献もいくつか手元にあるんだ。君には助けてもらっているし、君が見たいならどれでも貸せるよ」

「すごく見てみたいです……！　でも、貴重な資料を借りてしまって大丈夫なんですか？」

「ああ。ソフィアになら、喜んで」

にっこりと笑ったソフィアに、ジャスティンが続ける。

「今日はこの後、しばらく仕事で抜けられないんだが、夕方頃にはここに戻ってこられると思う。ソフィアがそれまでここにいるなら、この入館証を使ってくれ」

ジャスティンは、王立図書館員専用の入館証をポケットから取り出すと、ソフィアに手渡した。

「これがあれば、この場所にも出入りは自由だ」

「わあ、ありがとうございます！」

彼に渡された紐《ひも》付きの入館証を、早速ソフィアは首にかける。

「それから、君に聞きたいのだが」

ソフィアを見つめるジャスティンの緑色の瞳が、楽しげに輝いた。

「もし君の気が向くようなら、ぜひお願いしたいと思っている仕事があるんだ。仕事を受けてくれるなら、その入館証は今日以降もそのまま使ってもらえる。魔導書や本好きの君にぴったりの仕事なんだが、興味はあるかい？」

「本当ですか⁉」

思いがけないジャスティンの言葉に、ソフィアが目を丸くする。

「それは願ったり叶ったりです。ちょうど、新しい仕事を探そうかと考えていたところだったので。……ただ、私にもできそうな仕事でしょうか？」

「ああ、間違いない。その点については、俺から太鼓判を押させてもらうよ。仕事の条件や詳細は今詰めているところだが、後日改めて説明させてもらっても？」

「はい。ジャスティンさんなら信頼していますから、何も問題ありません」

大きな笑みを浮かべたジャスティンが、ソフィアに手を差し出す。

「君と一緒に働けるのが、楽しみだ」

「ふふ、私もです」

ソフィアがジャスティンの手を握り返す。ジャスティンは嬉しそうにソフィアを眺めると、名残惜しそうに続けた。

「もっと君と話していたいところだが、そろそろ行くよ。また後でな」

「はい、ジャスティンさん。お仕事頑張ってくださいね」

ジャスティンに手を振ったソフィアは、彼の後ろ姿を見送りながらふわふわとした心地でいた。

（まさか、大好きな本が仕事に繋がるなんて）

ソフィアは、天国にいるフリーダに心から感謝したい気持ちだった。

（大御祖母様が言っていた通りに、好きなことを大切にしたら、思わぬ幸運に恵まれたわ）

これまでは、ソフィアが苦しさを我慢して自分を抑えて尽くしてきたつもりでも、報われないことのほうが圧倒的に多かった。

それとは対照的に、好きなことに没頭していたら、いつの間にか目の前に道が開けてきたことに、ソフィアは不思議な感覚を覚えていたのだ。

ジャスティンという気の合う友人ができ、さらに彼が王立図書館の関係者だったことも、単なる偶然とは思えない。自分を取り巻く運勢の風向きが変わってきたことを、ソフィアは確かに感じていた。

胸元の入館証を眺めながら、ソフィアはうきうきと想像する。

（……ジャスティンさんが私に頼みたいというのは、王立図書館の司書の仕事かしら？）

王立図書館の関係者だというジャスティンの立場と、ソフィアにぴったりと言われたことから、彼女が思い浮かべていたのは司書の仕事だった。

（もしここでお仕事ができるなら、何も言うことはないわ）

給金も、食べていける程度にもらえれば十分だとソフィアは思っていた。本や魔導書が読めるなら満足で、それ以上に贅沢がしたいわけでもない。

（また後日、ジャスティンさんに教えてもらおう）

気持ちを切り替えて、ソフィアは手元の魔導書を見つめた。栞の挟んであるページを、そっと開く。精霊召喚の呪文の一部が、滲んで読めなくなっていた。

隣のページの魔法陣は、水の精霊を召喚するためのものだ。

（これは、まるでパズルのようね）

水の精霊の召喚には、必要な呪文の組み合わせがいくつかある。そのうちどの部分が欠けているのだろうと、ソフィアはいくつかのほかの魔導書と見比べた。

失われた呪文の読み方を、自らの解釈とともに、手元の用紙に書き連ねていく。これだという答えが見つかると、爽快な気分になった。

空腹をようやく覚えたのも午後になってからで、いったんカフェでサンドイッチを一切れつまんでから、ソフィアはまたすいすいと魔導書を読み進めていった。

再びジャスティンが姿を現した時も、すぐには彼の存在に気付かないほどにソフィアは魔導書に没頭していた。

「ソフィア。……ソフィア？」

魔導書と顔の間で手を振られて、ソフィアがはっと顔を上げる。手に重そうな資料を抱えたジャスティンの姿が、すぐ目の前にあった。

がたっと椅子を引いたソフィアが、急いで立ち上がる。

「すみません、気付かなくて」

「はは、大丈夫だよ。切りのいいところまで、ソフィアを待っているよ」

「いえ、だいたい切りがついたので、もう大丈夫です。それより、その本や資料は……」

「ああ、今朝君に話した、魔導書の写しと関連する文献だよ」

テーブルの上に積み上げられた本と資料に、ソフィアの顔が綻ぶ。

「こんなにたくさん、ありがとうございます。一度に全部鞄に入りそうにないので、何日かに分けてお借りしますね」

「こんなものを女性一人に持ち帰らせるわけがないだろう。俺が君の家まで運ぶよ」

「ええっ⁉」

ソフィアの頬がほんのり色付く。

「そんなにお手数をお掛けしてしまったら、迷惑ではありませんか？」

「迷惑なはずがない。そのつもりで用意したんだし、俺にとってはたいした重さではないからね。君さえよければ、そろそろ行こうか」

「はい」

ジャスティンは自らの鞄に資料を詰め込むと、ソフィアと並んで王立図書館を出た。

優しい彼に自然とソフィアの頭が下がる。同時に彼女は、重そうな鞄を軽々と運ぶ彼を頼もしくも感じていた。

「ジャスティンさんには、いつもお世話になってばかりですね」

「いや、世話になっているのは俺のほうだ。仕事も君に快諾してもらえて、喜んでいるんだ。これからも世話になるよ」

「ふふ、そんな風に言ってもらえて嬉しいです。あっ、そうだ……！」

ソフィアがぽんと手を打った。

「私の部屋には、一冊だけですが、曽祖母の形見の魔導書があるんです。よかったら読んでみますか？」

「ほう、フリーダさんの形見か。それは興味があるな」

「曽祖母の部屋には本棚があって、たくさんの本の中には魔導書も数冊あったんです。ほとんどは父が処分してしまって、形見に譲り受けたのは一冊だけですが」

「……一冊どころか、複数の魔導書を持っていたなんて、フリーダさんもたいしたものだな。なかなか手に入りづらいというのに」

ジャスティンが思案顔でソフィアを見つめる。

「もしかしたら、フリーダさんは、魔導書の目的である精霊召喚に、何かしらの縁がある方だったのかもしれないな」

「特に曽祖母からはそのような話を聞いていませんでしたが、どうだったんでしょうね」

ソフィアが首を捻《ひね》る。曽祖母の魔導書のコレクションが、いかに価値があるものだったのかに気付いたのは、彼女が他界してからずっと時間が経った後だ。

石畳の道をしばらく進むと、ソフィアの家が見えてきた。三階まで階段を上がり、扉を開ける。

「狭いところですが、どうぞ」

「ありがとう」

鞄を下ろしたジャスティンから本と資料を受け取ると、ソフィアは彼に椅子を勧めてから、棚にある分厚い魔導書を両手に抱えた。

「これが先程お話しした、曽祖母の形見の魔導書です」

「ほう、立派なものだな」

興味深そうに、ジャスティンが濃紺の表紙をした魔導書を手に取る。

「すぐにお茶を淹《い》れますので、どうぞ読んでいてください」

ソフィアはキッチンに向かい湯を沸かすと、曽祖母も大好きだった紅茶を淹れた。芳しい茶葉の香りが、ふわりと部屋に満ちる。

「お待たせしました」

ソフィアがティーカップをジャスティンに差し出すと、じっくりと魔導書のページをめくっていた彼は、興奮気味に言った。

「実に面白いな。魔導書の中でもかなり古いものだと思うが、これほど保存状態のいいものも珍しい。……ソフィアは、この魔導書をどのくらい理解できているんだい？」

「これなら、すべて問題なくわかります」

「は⁉」

仰天したジャスティンが、魔導書に再び目を落とす。

「全部か。それは相当なものだな」

「ひとえに、曽祖母の教え方が良かったんでしょうね」

ソフィアの両目が、懐かしそうに細められる。

「曽祖母は、よく美味しい紅茶を淹れてくれて、私はたっぷりの砂糖とミルクを入れて飲みながら、隣で魔導書の説明を聞いていました。神秘的な魔法陣を見るだけでも胸が躍ったことを、まるで昨日のことのように思い出せます」

ジャスティンは柔らかな表情でソフィアを見つめた。

「二人が並ぶ光景が、目に浮かぶよ」

「だんだん私が魔導書を読み慣れてくると、曽祖母は編み物をしながら静かに私を見守るようになりましたが、質問をする度に根気よく答えてくれました」

「ソフィアは、フリーダさんのことを本当に慕っていたんだね」

「はい。誰より私の味方でいてくれた、心から大切で、かけがえのない曽祖母でした。……すみません、つい話が逸《そ》れてしまって」

「いや、謝る必要なんてないよ。君の中に、フリーダさんは今も生きているんだろうね」

ジャスティンを見つめたソフィアが、にっこりと笑う。

「はい、そう思います。……ジャスティンさんのそういう優しいところ、大好きです」

珍しく頬を色付かせた彼に、ソフィアが尋ねる。

「その魔導書、よかったらお貸ししましょうか？」

「これは君にとって大切なものだろう、いいのかい？」

「はい、ジャスティンさんになら構いません。ゆっくり読んでもらって大丈夫ですよ」

ジャスティンがソフィアに微笑みかける。

「じゃあ、お言葉に甘えさせてもらうよ。せっかくだから、君が俺の側にいるうちにいくつか教えてもらっても？」

「ええ、もちろんです」

魔導書を広げたジャスティンからの質問に、ソフィアがすらすらと答えていく。

いつしか魔導書以外の話にまで会話が広がり、ひとしきり笑顔で盛り上がった後、ジャスティンは満足げな息を吐いた。

「ソフィアと話していると、どうしてこんなに楽しいんだろう」

「ふふ。私もジャスティンさんと話していると、つい時間を忘れてしまいます」

彼の言葉には、嘘は感じられなかった。ふと、何かに注意を引かれたように、ジャスティンがソフィアの左手を見つめる。

（おや……）

ソフィアの左手には、以前に結婚指輪を付けていた薬指の部分だけ、薄《うっす》らと白く指輪の痕が残っていることに、ジャスティンは今になって初めて気付いたのだった。彼の視線を感じて、左手薬指に目を落としたソフィアが、思い切って口を開く。

「……お気付きかもしれませんが、これは結婚指輪の痕です。私、前の夫に離縁されたんです。地味でつまらない女だと見向きもされないまま、愛人をつくられて。離縁を理由に、実家からも勘当されました」

「そんなことがあったのか」

ジャスティンは驚きながらも、静かにソフィアの言葉に耳を傾けていた。

「これまで我慢をしても何もいいことはなかったので、離縁時の慰謝料で、しばらくは大好きな本を読んで過ごそうって決めたんです。この部屋を借りたのも、王立図書館に近かったからなんですよ。そうしたら、王立図書館には魔導書もあって、通ううちにジャスティンさんのようなお友達までできて、毎日が楽しくて」

ソフィアはジャスティンに微笑みかけた。

「ジャスティンさんの温かな言葉にはとっても救われていて、感謝しています。それに、これまで私のことを、何も詮索せずにいてくれたことも」

ソフィアに何か事情があるのだと察した様子で、ジャスティンが根掘り葉掘り聞かずにそっとしておいてくれたことにも、彼女は彼の人柄の良さを感じていた。

ジャスティンが労るような瞳をソフィアに向ける。

「ソフィアと話すうちに、君の人となりは十分にわかったからね。詮索する必要なんてなかったよ。それに、俺がこんなことを言うのも何だが、君の前の夫にはまったく見る目がなかったんだろうな。ソフィアは素敵な女性だよ」

はにかむように、ソフィアが頬を染める。

「ありがとうございます。信頼できる味方が側にいてくれると、こんなにも心強いんですね」

天国にいるフリーダだけでなく、ジャスティンという心から信じられる友人が近くにいてくれることにも、ソフィアは勇気づけられていた。

ジャスティンがふっと真剣な表情になる。

「何か君の力になれることがあれば、俺でよければいつでも相談してくれ」

「はい、頼りにしています」

話が逸れてしまったにもかかわらず、ジャスティンが真摯に身の上話を聞いてくれたことが、ソフィアには嬉しかった。

(私が離縁されたと言ったらどう思われるのか不安だったけれど。ジャスティンさんは、これまでと変わらずにお友達でいてくれるのね)

離縁したというだけで、世間は女性の方に厳しい目を向けるところがある。女性側に何も非がなかったとしても、そんなことはお構いなしだ。仕事を通じて多少なりとも逞《たくま》しくなっていなかったら、いくら慰謝料を得られたとしても、もっとつらい気持ちになっていたのではないかと、ソフィアは自分でも思う。

ソフィアの両親も、離縁の詳細を確認することもなく、ソフィアのことを一方的になじる手紙を送ってきた。両親の反応は想像してはいたけれど、彼らから見れば、婚家にとってソフィアが至らなかったに過ぎないとしか考えていないのだろうと、寂しさを覚えたものだ。

ソフィアが離縁されたと聞いても、ジャスティンが眉をひそめないどころか励ましてくれたことに、心の奥がじわりと温まる。

ジャスティンの紅茶のカップが空きかけていることに気付いて、ソフィアは彼に尋ねた。

「あっ、紅茶のお代わりはいかがですか？」

「ありがとう、いただくよ」

その後も、ソフィアは思い付くままジャスティンとの会話を楽しんだ。気付けば、窓の外に広がる橙色の夕焼け空には、少しずつ群青色が混ざり始めていた。

一番星が瞬き始めた空を見て、ジャスティンが口を開く。

「すっかり長居してしまったね。今日も楽しい時間をありがとう」

「どういたしまして。こちらこそ楽しかったです」

ジャスティンを見送りに家の前の通りまで出たソフィアを前にして、彼は足を止めると、彼女の頭をぽんと撫でた。

「あまり夢中になって、夜遅くまで読み耽らないようにな」

「ふふ、そうですね。気を付けます」

「貸してくれた魔導書もありがとう、大事に読ませてもらうよ」

「はい。もしわかりづらい部分があったら、説明しますので言ってくださいね」

「ああ、頼りにしているよ」

その時、ジャスティンが突然、ソフィアの身体を軽く抱き寄せた。

（……!?）

温かい彼の腕の中で、ソフィアの目が驚きに見開かれる。

（これは、別れの挨拶としてのハグよね!?）

思わず胸を高鳴らせたソフィアの耳元で、彼は囁いた。

「最後に、一言だけ言わせてくれ。俺以外の男を簡単に家に招き入れて、あんな笑顔を見せては駄目だよ？」

「えっ……!?」

真っ赤になったソフィアを、ジャスティンがじっと見つめる。

「君はこんなに聡明なのに、時々隙があるから心配になるんだ」

「わ、私なら大丈夫ですよ？」

「まあ、そういうところも君の魅力なんだけどね」

くすりと笑みを零したジャスティンは、再び礼を述べてソフィアの前から去っていった。

（ジャスティンさん、急にどうしたのかしら？）

まだ動悸の激しい胸を、ソフィアは思わず押さえる。

（私が離縁された話をしたから、励まそうとしてくれたのかしら）

ソフィアは、ジャスティンのことを友人としてしか認識していない。彼にとっての自分も、友人の一人なのだろうと想像として接していたから、彼の綺麗な顔を前にしても緊張せずにいられたのだ。

ジャスティンを異性として捉えてしまうと、目を引く美形の彼の側にいることが、自分には畏れ多く感じられてしまう。

（きっと単純に、隙のある私に注意してくれただけのことよ。そうに違いないわ）

鼓動が速いままの胸を鎮めるように、ソフィアは大きく一つ深呼吸をしたのだった。

＊＊＊

ジャスティンが大通りに向かって歩いていると、見慣れた赤髪の青年が立っている様子が目に入った。

「お待ちしていました、ジャスティン殿下」

ジャスティンは溜め息交じりに頭を掻《か》く。

「すまないな、マリウス。だいぶ待たせてしまっただろう。何度も言っているが、俺のことは気にせず放っておいてくれても……」

「そういうわけにはいきませんよ。まあ、ご無事で何よりです」

「友人の家で会話を楽しんでいたんだから、無事でないわけがないだろう」

「僕にも立場というものがありますからね。こういう時のジャスティン殿下が、まるで景色に馴染むかのように、あまりに自然に姿を消してしまうことには脱帽していますが。一度見失ってしまうと、なかなか見つからなくて焦るんですよ？」

マリウスがジト目でジャスティンを見つめた。王弟として彼が公の場に出る時には、いかにも王族といった自信に溢れたオーラを纏っているのに対して、民衆に交じって行動する時には、実にさりげなくオーラを消しているのだ。

「はは。俺を褒めても、何も出ないぞ」

「特に褒めているつもりもないんですけどね。それより……」

マリウスの琥珀色の瞳に、どこか楽しげな色が浮かぶ。

「あの黒髪のご令嬢とは、随分と仲が良さそうなご様子ですね？　綺麗な令嬢方には目もくれずに研究に明け暮れてきたジャスティン殿下にしては、珍しいことですね」

頭脳明晰で知られ、さらに美しい容姿をした王弟のジャスティンを、貴族令嬢たちが放っておくはずもない。人当たりは良いジャスティンだったけれど、研究の妨げになるような他者との関わりは極力避けてきた。近付いてくる令嬢方を躱《かわ》すくらいなら、慣れたものだ。

ソフィアの家の方向を、マリウスが振り返る。

「……まあ、男女問わず、ジャスティン殿下の専門的な話についていける人は、超が付くほど貴重ですからね」

ジャスティンは、自分にない知見を持っている者や、話していて知的好奇心を刺激される者に対しては、性別にかかわらず興味を示すことをマリウスは知っている。

マリウスを見つめて、ジャスティンは口元を綻ばせた。

「彼女は別格だよ、マリウス」

「ジャスティン殿下がそこまで言うとは、余程のことですね」

「ああ。もうすぐ、君にも紹介するつもりだ」

ジャスティンがふっと思案顔になる。

（それにしても、ソフィアが離縁していたとは、知らなかったな……）

普段は明るいソフィアからは、そのような過去があったとは想像もつかなかった。有能な彼女が、仕事をせずに毎日王立図書館に通い詰めていることに、何か事情があるのだろうと察してはいたけれど、それが離縁だったとは思わなかったのだ。

ソフィアには自覚はなかったようだけれど、ほんの少し傷付いた表情を浮かべた彼女を見て、ジャスティンは胸の中がざわつき、居ても立ってもいられないような気持ちになった。

別れ際についソフィアを抱き締めてしまったことに、ジャスティンは自分でも驚いていた。

（……ソフィアのことも驚かせてしまったようだな）

彼女の表情を思い出して、ジャスティンが頭を掻く。ソフィアを前にすると、彼女をもっと知りたい、様々な表情が見たいという気持ちが自然と膨らんでくるのだ。

類い稀な彼女の才能に触れる度、ぞくぞくと震えるような興奮を覚える。こんな感覚になるのは、ジャスティンにとっても初めてのことだった。しっかり者なのに、自分の能力の素晴らしさに無自覚なソフィアを見ていると、落ち着かない気持ちで心配になってしまう。

ソフィアに大好きと言われた時、何の他意もないとわかっているにもかかわらず、胸が弾んでしまったことを思い出す。

（あんな無防備な笑顔を見せるのは、俺に対してだけにしてほしいところだがな）

あまりに友人としてしか自分を見てくれないソフィアを、思わず抱き寄せてしまったことは大人げなかったかもしれないと、ジャスティンは今になって思った。

（それはともかくとして、今後のソフィアの活躍が楽しみだ）

仕事の件にしても、ソフィアの才能に気付いたジャスティンは、できる限りの速さで関連する部署に手を回していた。

（仕事に私情を挟むつもりはないが、彼女の実力を知れば、文句を言う者はいないだろう）

ジャスティンの顔には、知らず知らず笑みが浮かんでいた。


一方のソフィアは、ジャスティンが置いていった本と資料の山に、きらきらと目を輝かせて向き合っていた。

（ジャスティンさんは、あまり夜更かししないようにと仰っていたけれど……）

興味のある分野で新たな知識を得ることが大好きなソフィアにとって、どこで一区切りをつけられるのかは自信がなかったものの、とりあえず目を引いた資料に片端から目を通していくことにした。

ノートを開き、資料の気になった部分を書き写す。ちょうどその時、集中していたソフィアの耳に呼び鈴が鳴る音が響いた。

「……？　誰かしら」

もうジャスティンが帰ってからしばらく経ち、外は夜の帳《とばり》が下りている。ソフィアが恐る恐る扉を少し開けると、その前には意外な人物が立っていた。

「えっ、コートニー？」

「久し振りね、お姉様」

すぐにソフィアは扉を開ける。華やかに着飾ったコートニーを見て、ソフィアは驚いて尋ねた。

「コートニー、どうしてここに？」

質素なソフィアの部屋を一瞥して、コートニーが溜め息をつく。

「お姉様が離縁されたって聞いて、様子を見にきたのよ。お姉様が送ってきた手紙の住所からは、王都の中心の良さそうな場所に見えたのに、こんな貧相なところだったなんて……」

あからさまにコートニーが顔を顰める。

（こんな部屋、貴族家の令嬢が住むようなところじゃないわ）

ブルック伯爵家の屋根裏部屋ほどの広さしかないその部屋に住んでいる姉が、コートニーには信じられなかった。

「お姉様も、ここまで落ちぶれるなんてね」

フォークス伯爵家のヘンリーから姉が離縁された時、まとまった慰謝料を受け取ったと耳にしていたコートニーは、王都の中心に住んでいるという姉の生活が気になり、わざわざ姉の部屋を訪れたのだ。

コートニーは、自らの美しいドレスに視線を落とした。

「今夜はこの近くで夜会が開かれるの。ちょうど近くを通りかかるから、お姉様に会うために、外に馬車を待たせてわざわざ寄ったのよ」

慰謝料で良い生活をしているのだろうかと、多少の嫉妬が入り混じった気持ちで、あえてお気に入りのドレスを着てきたコートニーは、肩透かしを食ったような気分だった。

棘《とげ》のあるコートニーの言葉など気にも留めずに、ソフィアが答える。

「あら、そうだったの。綺麗なドレスじゃない、よく似合っているわ」

ひらひらと可憐な桃色のドレスを纏った妹に、ソフィアは微笑んだ。

「まだ夜会まで時間があるなら、お茶でも飲んでいく？」

「いらないわ。お姉様が離縁されたせいで、フォークス伯爵家からはドレスを手頃な値段で融通してもらうことも難しくなって、いい迷惑だわ。……そんな本や書類の山に囲まれて、お姉様は楽しいの？」

つまらなそうに、コートニーは机の上に広げられた資料を眺める。姉が好きなことが、彼女には昔からまったく理解できなかった。

コートニーとは対照的に、ソフィアはにこにこと積まれた資料に目を落とした。

「ええ。私、今の生活がとても気に入っているの。毎日が充実していて幸せよ」

「……ふうん」

離縁されて質素な生活をしていた姉に恵まれた自分を見せつけたにもかかわらず、なぜかソフィアが屈託のない笑みを浮かべたことに、コートニーの気がそがれる。

「私、もう行くわ。あ、そういえば……」

ソフィアに背を向けかけたコートニーが、ちらりと振り返る。

「お姉様の夫だったヘンリー様が、お姉様を捜しているわよ」

「……ヘンリー様が？」

怪訝な表情を浮かべたソフィアに、コートニーはつんと言った。

「じゃあね、お姉様」

コートニーは美しいドレスの裾を翻すと、高いヒールの靴音を響かせてソフィアの前から去っていった。

（私が実家を出た時から、コートニーは変わっていないわね。でも……）

ソフィアが小首をかしげる。

（ヘンリー様が私を捜しているっていうのは、本当なのかしら？）

当初から愛のない結婚だったうえに、愛人が妊娠したからとあっさり離縁されたのだ。ソフィアには、ヘンリーが彼女を捜す理由が思い当たらなかった。

（まあ、私がどうこうすることでもないわよね）

不思議に思いつつも、元夫のことをいったん頭の中から追い出したソフィアは、再びジャスティンから借りた資料に向き合ったのだった。

第四章　憧れの研究員

眠そうに目を擦《こす》りながら王立図書館に現れたソフィアを見て、ジャスティンは微かに苦笑した。

「……ソフィア。昨夜はやっぱり、渡した資料を遅くまで読んでいたんだろう」

「ふふ。ジャスティンさんにはお見通しですね」

欠伸《あくび》を噛み殺しながら、ソフィアが笑う。

「新しいことを知るのが楽しくて、ついつい読んでしまって」

「それほどの熱意があるというのは、素晴らしいことだよ。実は、昨日渡した資料は、君にこれから頼みたい仕事の予習にもなるんだ」

「仕事の予習、ですか？」

ソフィアがきょとんとして目を瞬く。

「私にお話をいただいたお仕事は、この王立図書館の司書ではないんですか？」

司書は書籍の管理に携わる仕事ではあるものの、昨日ジャスティンに借りた資料は、魔導書に関して相当に踏み込んだものだった。考えてみると、司書に求めるには高度すぎる内容だ。

戸惑うソフィアに対して、ジャスティンは首を横に振った。

「これから、少し時間をもらえるかい？　君に、仕事の詳細を説明させてもらうよ」

「はい」

ソフィアがジャスティンに付いて別室に移動すると、そこには一人の初老の男性が立っていた。

白髪の交じる厳格そうな男性を前にして、ソフィアの背筋が緊張気味にぴんと伸びる。

「私は魔導書の研究所の責任者を務めるナサニエルと申します。あなたがソフィア様ですね」

「はい」

「ジャスティン殿下から話は伺っています」

ナサニエルの思いがけない言葉に、ソフィアがぽかんと口を開けた。

「えっ？　ジャスティン……殿下……？」

丸く目を見開いたソフィアが、ジャスティンをまじまじと見つめる。

「まさか、ジャスティンさんって……」

驚きのあまり、ソフィアは二の句が継げなかった。

ジャスティンの名前それ自体は、彼に会う前からソフィアも聞いたことがある。

ランズファルト王国の王弟、ジャスティン。頭脳明晰かつ容姿端麗と言われているが、普段は研究に忙殺されており、人前に姿を現すことはほとんどないという。今年二十七歳を迎える彼だが、仕事を優先するがゆえにまだ独り身で、貴族令嬢たちから非常に人気があるという噂もソフィアは耳にしていた。

ソフィアの視線を受けて、ジャスティンが口を開く。

「ああ、そのまさかだ」

「……‼」

愕然《がくぜん》としたソフィアが、口元を両手で覆う。

（わ、私ったら、王弟殿下をさん付けで呼んだり、わざわざ家まで資料を運んでもらったり、いくら知らなかったとはいえ、これまで何てことを……！）

ジャスティンは、絶句するソフィアを前にして頭を掻いた。

「驚かせるつもりはなかったんだが、伝える機会を逃してしまってね。……それに、もしはじめから俺が王弟だと知っていたら、気安く接してはくれなかっただろう？」

「それは当然です……！」

親しい友人だと思って、軽い気持ちで彼と一緒にランチを食べたり、お茶を飲んだりしていたことが、今更のように畏れ多く感じられる。

ジャスティンの眉尻が微かに下がった。

「ソフィアを仕事仲間として歓迎することはもちろんだが、それ以前に、君は俺にとってかけがえのない存在なんだ。君のように聡明で、楽しく自由に意見を交わせる相手は、俺にとって貴重でね。だから、これからも変わらずに俺に接してくれると嬉しいんだがな」

「……‼」

ジャスティンに何と言葉を返して良いのかわからず、ソフィアはもじもじと頬を染めた。

ナサニエルが、ジャスティンの言葉に微笑みを浮かべる。彼の厳しい顔は、笑うと意外にも優しかった。

「ジャスティン殿下は、余程ソフィア嬢の才能とお人柄に惚れ込んでいらっしゃるのですね」

「ああ、そうだよ」

躊躇《ためら》いなく頷いたジャスティンを前にして、ソフィアの頬がさらにかあっと色付く。

「私にはもったいないようなお言葉を、ありがとうございます」

「いや。君を見込んだ俺の目は間違っていないと、信じているからね」

緊張と期待が入り混じり、ソフィアの喉がこくりと動く。

「あの、私の仕事というのは……」

「魔導書の研究員の仕事だよ」

ソフィアがはっと息を呑む。それはかつての彼女が夢見たものの、どう頑張っても手は届かないだろうと諦《あきら》めていた仕事だった。

「でも、魔導書の研究員は……専門課程を経たうえで、さらに王族の推薦を得てようやくなれるのではありませんか？」

ジャスティンが悪戯っぽく笑う。

「少し前に、君に魔導書の解釈の手伝いをしてもらったことを覚えているかい？　栞を挟んだページについて、君が気付いたことを教えてもらった時のことだ」

「はい、覚えています」

「あれは、実は魔導書の研究員の試験を兼ねていたんだ」

「えっ？」

ただ楽しみながら読み解いた魔導書を思い出し、ソフィアが唖然とする。

「それだけじゃない。君に見解を求めた課題は、現役の研究員にとっても解釈が分かれるか、あるいはまだ答えの出ていない、未解決のものだ。君がまとめてくれた資料は、裏付けがしっかりとしていて説得力もある。単なる試験の域を超えて、君の見解は魔導書の研究に実際に役立ったんだよ」

「……それは本当ですか？」

ジャスティンは、ナサニエルと目を見交わして頷いた。

「ああ。ソフィアと知り合ってすぐに、魔導書の研究員に相応しい資質を備えていると感じたが、いくら研究所の所長を務めているとはいえ、さすがに俺の一存で決めるわけにはいかなかったからね。あの課題の結果を元に、俺が君を研究員に推薦したら、すぐにナサニエルたちの賛成が得られたよ。翌日に君に読み解いてもらったページも、研究員の助けになっているんだ」

初老の男性が、ソフィアに向かって手を差し出す。

「これからよろしく頼みますね、ソフィア研究員」

「こちらこそよろしくお願いいたします、ナサニエル様」

ソフィアはナサニエルの手を握り返しながら、興奮に胸を高鳴らせていた。ジャスティンも嬉しそうに目を細めている。

「君が研究所に新しい風を吹き込んでくれることを期待しているよ、ソフィア。まずは、ナサニエルから契約内容を説明してもらおう」

ナサニエルから提示された契約書の内容は、ソフィアが思わず二度見してしまうほどの好条件だった。

「こんなに高いお給金をよろしいのですか……？」

恐る恐る尋ねたソフィアに、ナサニエルが頷く。

「それは初任給ですから、今後さらに上昇も見込めますよ」

（うわあ……）

実家や元夫のフォークス伯爵家で家業を手伝っていた時には、ソフィアは給金という形でお金を受け取ってはいなかった。初任給にしては十分すぎる金額に、頭がくらくらとする。

「それから……ここに記載されているのは？」

ソフィアが指差した契約条項を見て、こともなげにナサニエルが言った。

「それは福利厚生ですね」

「三食住まい付きなんて、こんな好待遇な職場があるんですね……！」

ソフィアの目が丸くなる。

「研究所の近くに研究員用の宿舎が用意されており、研究所内には無償で食事がとれる食堂がありります。いずれも使用するかどうかは自由なので、各研究員に任せていますよ」

あまりに恵まれた条件に驚いているソフィアに、ナサニエルが微笑んだ。

「着任日の希望はありますか？」

「いつでも構いませんが、早ければ早いほど嬉しいです」

「それはこちらとしてもありがたいです。では、来月の一日にしましょうか」

週末を挟んで新しい月が始まる。ソフィアの胸はわくわくと希望に膨らんだ。

「はい、よろしくお願いします」

目の前の契約書にサインをした彼女が、ジャスティンを見上げる。

「ジャスティンさ……殿下、何て感謝したらいいかわかりません」

うっかり、ジャスティンを今まで通りに呼びそうになり、慌てて殿下と呼び直したソフィアを、彼は少し寂しそうに見つめた。

「この後、ソフィアの時間をもうしばらくもらっても？」

「はい、もちろん構いません」

「正式に魔導書の研究員に採用が決まった君に、見せたいものがあるんだ」

「見せたいもの……？」

二人のやり取りを聞いていたナサニエルが、勝手知ったる様子で微笑む。

「では、ここはジャスティン殿下にお任せします」

「ああ。行こうか、ソフィア」

ソフィアはナサニエルに一礼をすると、ジャスティンに促されるまま部屋を出た。

並んで廊下を歩きながら、ジャスティンがソフィアに尋ねる。

「ソフィアは、精霊の召喚を試したことはあるかい？」

「いえ、ありません」

驚いたソフィアが首を横に振る。

「魔導書の研究員の方にすら、精霊の召喚は難しいと聞きます。魔導書を読むことは好きですが、精霊召喚までは、試そうと思ったこともありませんでした」

「君の言う通り、精霊の召喚は一筋縄ではいかないことも多いんだ。特に、高位の精霊になればなるほどね。だが、ランズファルト王国に昔から手を貸してくれている温厚な精霊もいる。力の弱い精霊なら、召喚もそこまで難しいというわけではないんだよ」

どきどきと鼓動が速くなるのを感じながら、ソフィアが口を開く。

「もしかして、ジャスティン殿下は精霊の召喚ができるんですか？」

「二人でいる時は、俺のことは今まで通りに呼んでくれないか」

「でも……」

「では、言い方を変えるよ。俺は、君との間に築いた関係を失いたくはないんだ。だから、もし君も同じ気持ちなら、これまでと変わらずにいてくれたら嬉しい」

「……わかりました、ジャスティンさん」

珍しく少し強引なジャスティンが、ソフィアにとっては嬉しかった。もちろん、ソフィアも彼と同じ気持ちだ。

にこっと笑ったジャスティンが、魔導書を小脇に抱えてソフィアを手招きする。

「王立図書館の地下に移動しよう」

「はい」

ジャスティンとソフィアが訪れたのは、複数の丸い光の塊に照らされた地下のフロアだった。ソフィアの目の前で、ジャスティンが手にした魔導書をめくる。彼が開いたのは、初めて彼と出会った時にソフィアが開いていたのと同じ、光の精霊の召喚用の魔法陣が描かれたページだった。

「向こうの明かりが消えているのが見えるかい？」

「あっ、本当ですね。どことなく薄暗いと思ったら……」

ソフィアが見上げると、光の塊がいくつか消えている場所があった。昨日までは明るかったのにと思いながら、ソフィアが眉尻を下げる。

「このままだと、利用者が困ってしまいますね」

「この魔法陣を見ていてごらん」

すっと魔法陣に手をかざしたジャスティンが、静かな声で精霊召喚の呪文を唱える。呪文の読み方は知っていたソフィアだったけれど、実際に唱える声を聞いたのは初めてだ。

よく通る彼の低い声は、神秘的な呪文の発音とも相まって、ソフィアの耳に心地良く響いた。

魔法陣の五つの角のある星形から、淡い光が放たれ始める。ソフィアが息を呑んで見つめていると、魔法陣の中央から、ふんわりと輝く小さな精霊が現れた。

掌《てのひら》にのりそうな大きさをした、球形の光を纏う半透明の精霊が、ソフィアを見上げて微笑む。

（……‼）

無邪気な笑顔を精霊から向けられて、思わずソフィアが笑みを返す。

（こんな風に、精霊を召喚することができるなんて）

魔法陣の上に浮かぶ光の玉を、ソフィアは信じられない思いで見つめていた。それまでは、物語の中の存在でしかなかった精霊召喚を間近で見た感動で、身体が震える。

「うわあっ、凄いですね……！」

ソフィアが、瞳に尊敬の色を滲ませてジャスティンを見上げた。

「目の前で精霊召喚を見ることができるなんて、夢みたいです」

ほうっと感嘆の息を吐き、興奮気味に頬を紅潮させたソフィアがジャスティンに笑いかける。

「精霊は、ジャスティンさんには力を貸してくれるんですね。……あれっ、ジャスティンさん？」

球形の光を前にして黙り込んでいたジャスティンに、ソフィアが尋ねる。ジャスティンはソフィアに負けず劣らず興奮した面持ちで、彼女を見つめた。

「あんな精霊を見たのは、初めてだ」

「……？　ジャスティンさんが召喚した精霊ですよね、どういうことですか？」

「俺はどうやら、相当に運がいいようだ」

ジャスティンの視線の先で、彼が召喚した光の精霊がふわりと浮かび上がったかと思うと、地下のフロアを照らす光の玉が消えていた場所に並んだ。新しく召喚した精霊による光が加わって、地下のフロアが再び明るくなったことがソフィアにも感じられた。

ジャスティンが楽しげにソフィアの頭をぽんと撫でる。

「ソフィアには、仕事が慣れた頃にまた相談したいことがあるんだ。俺にも少し希望が見えてきたような気がするよ」

状況がよく呑み込めないながらも、ソフィアが頷く。

「私でも何かお力になれそうなことがあれば、また声を掛けてください」

「ああ」

ジャスティンに感謝を込めて一礼してから、ソフィアは彼の前を辞した。

＊＊＊

この日、ソフィアは王立図書館の閉館を待たずに帰宅した。

突然怒涛のように起きた夢のような出来事を、まだ現実のこととして受け止めきれずにいたからだ。少し一人になって、自分の身に起きたことをじっくりと噛み締めたかった。

（まさか、私が魔導書の研究員になれるなんて……）

とっくの昔に諦めていたはずの夢が向こうからやってきたことが、ソフィアには今でも信じられないような気持ちだった。

ソフィアの夢をただ一人応援してくれた、大好きな曽祖母フリーダの笑顔が浮かぶ。

『ソフィアなら、夢を叶えられると信じているからね』

それは、両親の反対でソフィアの夢が泡と消えてから、努めて思い出さないようにしていたフリーダの言葉だった。常に自分を信じてくれたフリーダの期待まで裏切ってしまったようで、自分がみじめで悲しかったのだ。

（天国から、大御祖母様が助けてくださったのかしら）

まるで、目に見えない助けの手が自分に向かって伸ばされて、自分を引き上げてくれているような感覚が確かにあった。

フリーダが好きだったアールグレイの紅茶を淹れたソフィアは、幼かった当時によく飲んでいたのと同じ、たっぷりのミルクと砂糖を入れた。

甘くて香りの良い紅茶が、高ぶっていたソフィアの神経を鎮めていく。

フリーダに、魔法陣からの精霊召喚について尋ねたことも思い出していた。魔導書の内容がだいぶわかるようになってきたソフィアが、精霊の召喚をしたいとフリーダに訴えた時のことだ。

ジャスティンの精霊召喚を見た時に真っ先に思い出したのが、その時に聞いたフリーダの言葉だった。

『精霊は、自ら力を貸したいと思う人にしか協力してくれないのよ』

魔法陣に向かって正しく召喚の呪文を唱えれば良いのではないのかと、ソフィアはフリーダを質問攻めにしたものだ。

けれど、フリーダは優しい表情で言った。

『召喚者の願いを叶えたいと思う時しか、精霊は姿を現さないの』

フリーダの柔らかな口調や、当時彼女の部屋に差し込んでいた温かな光の加減まで、当時の光景がそのまま鮮やかにソフィアの脳裏に蘇ってくる。

（……もしかしたら、大御祖母様は、精霊を召喚したことがあるのかしら？）

ソフィアは、優しく清らかな心の持ち主だったフリーダなら、かつて精霊を召喚していたとしてもおかしくはないような気がした。

思い出に浸りながら、マグカップに淹れた紅茶を飲み干した時には、ソフィアは身体も心もすっかり温まっていた。

想像もしていなかった幸運に、多少の戸惑いも覚えていたソフィアだったけれど、フリーダが愛してくれた自分を信じて、前に進もうという気持ちが強くなる。

（それに、ジャスティンさんだって、私を信じて研究員に推してくださったんだし）

何の疑いもなく、一番親しくて大切な友人だと思っていたジャスティンが、ランズファルト王国の王弟だったと知ったことは、ソフィアにとって少し寂しくもあった。ジャスティンのお陰で夢を手に入れられた反面、彼がずっと遠い存在になってしまったような気がしたからだ。

（……せめて、少しでもジャスティン殿下のお役に立ちたいわ）

今になって、胸が切なく疼《うず》いたことに気付いたソフィアは、その気持ちには静かに蓋をした。

「昨日借りた資料の続きを読んでおかなくちゃ」

ジャスティンが渡してくれた魔導書に関する資料は、どれも興味深いうえに、研究員として知っておくべき知識が端的にまとめられているようだ。予習は早めに済ませておきたかった。

再び資料を開いたソフィアの耳に、呼び鈴が鳴る音が響く。

（誰かしら？）

ついジャスティンの顔を思い浮かべて、少しだけドアを開けたソフィアだったけれど、そこにいた人物を見て一歩下がった。

「ヘンリー様、どうしてここに……？」

小さく呟いたソフィアの前には、元夫のヘンリーが立っていた。相変わらず偉そうな様子ではあるものの、心なしか、以前よりもやつれて見える。

「捜したぞ、ソフィア」

ヘンリーは、ソフィアの了承も取らずにずかずかと部屋に足を踏み入れた。

「いったい、私に何のご用ですか？」

警戒を滲ませたソフィアに、ヘンリーが以前と変わらない調子で口を開く。

「ソフィア、フォークス伯爵家に戻ってきてほしい」

「えっ？」

何を今更、というのがソフィアの正直な気持ちだった。一方的に離縁しておきながら、突然訪ねてきた元夫の真意が掴めない。

ヘンリーがソフィアを捜していると言っていたコートニーの言葉は真実だったと理解したものの、彼女は訝《いぶか》しげに尋ねた。

「どういうことですか？」

「君がフォークス伯爵家を離れてから、事業に支障が生じているんだ。一従業員として君を雇いたい」

高圧的な態度でヘンリーは続けた。

「女の君が、離縁後にまともな職に就くなんて難しいだろう。慰謝料を使い果たしたら、どうするつもりだ？　君にとってもいい話だと思わないか」

ヘンリーは、そう言いながらソフィアの部屋を見回していた。コートニーと同様、質素なソフィアの生活を見下している様子が見て取れる。

離縁後の今でも変わらず上から目線のヘンリーに、思わずソフィアの口から溜め息が漏れた。

「もう新しい仕事は見つけました」

「何だって？」

ヘンリーの片眉が上がる。

「どうせ、たいした仕事ではないのだろう？　フォークス伯爵家からのほうが高い給金を出すぞ」

元夫のヘンリーを、諦めとともにソフィアが見つめる。

（この方は、結婚していた時もずっとこの調子だったけれど、今も全然変わらないわね）

彼の性格からして、何を話しても無駄だろうとソフィアは思った。ソフィアを対等に扱ってくれたことなど一度としてなかった彼に、魔導書の研究員に決まったと話しても、信じてくれることは到底思えなかったからだ。

元夫との無用な議論を避けるために、ソフィアは簡潔に言った。

「私がフォークス伯爵家に戻って働くつもりがないことだけ、お伝えしておきます」

淡々とした表情のソフィアを、ヘンリーが苛立《いらだ》ったように見つめる。

「意地を張っては、君のためにもならないと思うがな」

「別に、意地を張っているわけではありません。夢見ていた仕事に就けることになったので、給金云々《うんぬん》の話以前の問題なのです」

ヘンリーの顔が歪《ゆが》む。離縁する前はいつも従順だったソフィアに断られたことに、彼はショックを受けていた。

（ソフィアを捜し出すだけでも、苦労したというのに）

離縁した元妻の足取りを追うなど夢にも考えていなかったヘンリーにとって、いざ彼女の居場所を探そうとすると骨が折れた。

結局、離縁を切り出した側であるにもかかわらず、ヘンリーは恥を忍んで、ソフィアの実家のブルック伯爵家に彼女の居所を聞きに訪れたのだ。伯爵からは、既にソフィアは除籍したと聞いたヘンリーだったけれど、コートニーから、新作ドレスの無償提供と引き換えにソフィアの住所を聞いたのだった。

（ソフィアが家を出てから、上客も離れていったし、屋敷の雰囲気まであんなに悪くなるとは

思わなかった）

さりげないソフィアの気配りに、屋敷の使用人たちだけでなく、ヘンリー自身も救われていたことに気付いたのは、彼女と離縁してからしばらく経った後だった。

実のところ、ヘンリーが自らソフィアの元を訪れたのも、以前は温かく支えてくれた元妻に、久し振りに会いたくなったことも理由の一つだ。自分を見れば、ソフィアは嫌な顔はしないだろうと想像していた。

彼の愛人は、もう離縁は成立したのだし、腹には子がいるのだからと、顔を合わせれば結婚を迫ってくる。彼女の気持ちは理解できたが、次第に傲慢になり、自分のことだけを考えるよう求めてくる愛人に、ヘンリーは早くも疲れ始めていた。

ソフィアと結婚していた頃は、屋敷のことだけでなく、家業の手伝いも、彼が体調を崩した時の看病も、何も言わなくても妻である彼女がしてくれた。ソフィアと愛人との間で、彼はいいとこ取りをしていればよかったのだ。

けれど、ソフィアとの離縁の影響は想像以上に大きかった。家業の仕事のみですら、ヘンリーには彼女の抜けた穴を埋められない有様だ。格段に仕事が忙しくなったにもかかわらず、父からは仕事の不出来を咎められ、愛人からは一緒に過ごす時間が減ったと文句を言われて、彼は疲れ切っていた。

ヘンリーが補い切れない負担を代わりに背負わされた使用人にも、次第に不満が募っている。

(くそっ。ソフィアが戻ってきてくれさえすれば、問題は解決するはずなんだがな)

元妻の足元を見るつもりが、話に乗ってこない彼女にヘンリーは慌てていた。ソフィアの本音が口から零れる。

「……離縁した妻を従業員として雇いたいだなんて、そんな都合のいいことを言われても困ります。それに、ヘンリー様の愛人は、今妊娠しているのでしょう？　どんな理由があるにせよ、ヘンリー様が元妻のところを訪問するなんて、気分のいいものではないと思いますよ」

ぐっとヘンリーが言葉を詰まらせる。ソフィアの言葉はもっともだった。

焦りを呑み込んで、ヘンリーが言葉を絞り出す。

「後悔しても知らないぞ」

「迷いはありませんから、お気遣いなく。……さあ、もうお引き取りください」

きっぱりと断られてソフィアの部屋から追い出され、目の前でドアを閉められたヘンリーはがっくりと肩を落とした。

(ソフィアにそれほど条件のいい仕事が見つかるはずもない。もう少し様子を見るか)

恨めしそうにソフィアの部屋の扉を見つめたヘンリーは、諦めて踵を返したのだった。

一方のソフィアは気持ちを切り替えると、開いたままになっていた資料に目を落とした。

＊＊＊

その週末、ソフィアが王立図書館に着くと、朝一番に来ていたジャスティンに声を掛けられた。

「おはよう、ソフィア」

「ジャスティン殿下、早いですね」

この日の彼は、初めて会った時と同じようにラフな服装をしていた。彼は明るく笑うと、ソフィアに言った。

「今日は休日なんだし、堅苦しくする必要はないよ。……ソフィアさえよければ、これから少し俺に付き合ってもらえないか？」

ジャスティンの言葉に、ソフィアが目を瞬く。

「貴重な休暇に、また私がご一緒してもいいんですか？」

「もちろん。俺のほうこそ、君の時間をもらうことになるがね。できれば、君と行きたい場所があるんだ」

「行きたい場所？」

首をかしげたソフィアに、ジャスティンは楽しそうに続けた。

「ああ。目的地は王立図書館の外で、しばらく馬車で向かうことになる。精霊の力を人々が生活に活かしている場所だよ」

「わあっ、精霊の力を……！」

途端にソフィアの目が輝く。そんな彼女を見て、ジャスティンが明るく笑った。

「魔導書を読み込んでいるソフィアなら、興味があるのではないかと思ってね。君が王立図書館で見ているような、地下の階を照らす静的な光の精霊とは、また趣が異なるんだ」

「それは楽しみです！」

「なら、早速出かけようか。実は、馬車をもう王立図書館の前に待たせてあるんだ。それから、君に彼を紹介させてくれ」

ジャスティンの背後から、赤髪の青年が現れた。人の良さそうな彼を見て、ソフィアがあっと声をあげる。

「あなたは、あの時の……」

「はい、ご挨拶が遅くなりました」

彼は丁寧にソフィアに一礼した。

「僕はジャスティン殿下の従者のマリウス・アントンと申します。以後お見知りおきを」

（この方、ジャスティンさんの従者だったのね……！）

ジャスティンに手を引かれて彼から逃げたことを思い出しながら、ソフィアも慌ててマリウスに頭を下げる。

「私はソフィア・ブルックと申します。先日は申し訳ありませんでした」

「いえ、ソフィア様のせいではありませんから」

彼は軽く苦笑すると、ジャスティンを見つめた。

「ジャスティン殿下は普段からこの調子ですからね」

「俺も、べったり側にいられても息が詰まるからな」

「それが僕の仕事なんですが……」

親しさの感じられる二人の掛け合いに、ソフィアがくすりと笑みを零す。ジャスティンはマリウスを見て口を開いた。

「マリウスは幼い頃からよく知っていて、俺にとってもう一人の兄のような存在なんだ。大抵は俺の近くで補佐してくれるし、今日も警備を兼ねてきてくれるから、ソフィアも覚えておいてくれ」

「どうぞよろしくお願いいたします、マリウス様」

笑顔でお辞儀をしたソフィアに、マリウスも笑みを返す。

「こちらこそ」

「マリウスは別の馬車で来るから、ソフィアは俺と一緒の馬車で行こう」

ソフィアの手をさりげなくジャスティンが取る。

「えっ、いいんですか⁉」

ソフィアの頬がほんのりと色付く。前にもジャスティンと手を繋いだことはあったけれど、当時はまさか彼が王弟だなんて想像もしていなかった。恐縮して困惑するソフィアに、ジャスティンは今までと変わらない調子で続ける。

「ああ。君とは色々と話したいこともあるしね」

軽くウインクをすると、ジャスティンはそのまま馬車に向かって歩きだした。ソフィアがマリウスを振り返ると、彼は静かに頭を下げる。主が自由人で申し訳ないとでも言いたげなマリウスの表情を見て、ソフィアは問題ないと伝えるために微笑んだ。

隣にいるジャスティンに視線を戻したソフィアが、口を開く。

「ジャスティン殿下」

「今は君と二人きりなんだがな」

「……ジャスティンさん」

「はは、そう呼んでくれたほうがずっといい」

ソフィアと繋いだ手に、ジャスティンが軽く力を込める。

どぎまぎしながらも、あまりに自然な彼の様子に、ソフィアは自分が彼に友人認定されているからだと解釈していた。

(ジャスティンさんには、何の他意もないもの。私が意識してもおかしいわよね)

以前、別れ際にジャスティンに抱き寄せられた時から、ソフィアは彼を前にすると、以前とは違う胸の高鳴りを覚えるようになっていた。そんな自分を、頭の中の冷静な自分が窘める。

（王弟である彼が、魔導書の知識しか取り柄のない、しかも離婚歴がある私のことを、どうこう思うはずがないじゃない）

　本来ならば雲の上の存在である彼が、親しい友人としての関係を続けてくれるだけでも、十分すぎるくらいにありがたいとソフィアは思った。

　気を取り直して、ソフィアが尋ねる。

「ランズファルト王国では、今でも精霊の力を用いている場所は多いのですか？」

「昔に比べるとだいぶ減ってはいるが、精霊の力に頼っている地域はそれなりにあるよ。実際に見てみると、きっとイメージが湧くと思う」

「そうですね。こんな機会をくださって、ありがとうございます」

　馬車に乗るソフィアに手を貸してから、ジャスティンが彼女の隣の席に乗り込んだ。

「具体的な行き先は、俺に任せてもらってもいいかい？」

「ええ、もちろんです」

　実家や元夫の家にいた時は、あまり遠出する機会もなかったソフィアは、うきうきと胸を弾ませていた。

　ジャスティンは王国内の地理にも詳しく、馬車の窓から見える地域の特色もソフィアに丁寧に教えてくれる。

　博識な彼との会話を楽しみつつも、馬車の心地良い揺れに、うとうとと眠気がソフィアを襲う。

（昨日も深夜まで資料を読んでいたから、ちょっとだけ眠いわ……）

欠伸を噛み殺したソフィアだったけれど、いつしか彼女はジャスティンに寄りかかるようにして眠りに落ちていた。

肩にかかる温かな重みを感じながら、あどけないソフィアの寝顔を眺めてジャスティンが呟く。

「やっぱり、君は隙だらけだな」

隈のあるソフィアの目元を見て、ジャスティンはそっと労るように彼女の髪を撫でた。

（きっと毎晩、遅くまで資料を読んでいるのだろうな。ソフィアの純粋で旺盛な好奇心は、どこから湧いてくるのだろう）

才気煥発《かんぱつ》なソフィアといると、ジャスティンも知的な刺激を受けて心地良い。さらに、ソフィアが素直で裏表がないことも、多くの計算高い令嬢たちを見てきたジャスティンにとっては新鮮だった。

すうすうと穏やかな寝息を立てるソフィアを、ジャスティンは優しい表情で見つめていた。

第五章　元夫の焦燥

「ソフィア、着いたよ」

そっと肩を揺さぶる手に、ソフィアが目を覚ました。間近から自分を覗き込んでいるジャスティンと目が合ってしまい、かあっと頬に熱が集まる。

「失礼しました、すっかり眠り込んでしまって」

慌てて跳ね起きたソフィアに、ジャスティンが微笑む。

「いや、いいんだ。多少は疲れが取れたかな？」

「はい！」

すっきりとした頭で目覚めたソフィアが、ジャスティンに尋ねる。

「この町は……？」

「カルデンという、火の精霊が力を貸している町だよ。優れた刀鍛冶が多くいるんだ」

賑わいを見せる通りの店々には、見事な刀剣類が並べられている。普段は料理に使う包丁くらいしか縁のないソフィアだったけれど、馬車の窓から見える光景を興味深く眺めていた。

馬車が止まったのは、大通りから一本入った道の奥に位置する、小規模ながらも歴史を感じられる工房の前だ。

「ここは、王家御用達《ごようたし》の店なんだ」

馬車を降りたジャスティンとソフィアの前に、一人の白髪の男性が現れる。

「ご無沙汰しております、ジャスティン殿下」

「久し振りだな、ヒューゴ。今日はありがとう」

「いいえ、お安い御用です」

ヒューゴは、洗練された佇まいの剣が並べられた一角を抜けると、工房の奥に二人を案内した。煉瓦《れんが》の積み上がった炉に火をくべ、吹子《ふいご》で炎を大きくしていく。

その時、ジャスティンがソフィアの耳元に囁いた。

「ほら、見えるかい？」

「あっ……」

勢いよく立ち上る炎の中に、橙色の小柄な精霊が佇む様子がソフィアの目に映る。精霊が軽く跳ねると、さらに激しく炎の勢いが増す。眩《まばゆ》い火の精霊と、ソフィアは一瞬目が合ったような気がした。

橙色の精霊を見つめて興奮気味に頷いたソフィアに、ジャスティンは満足げに微笑んだ。

火の精霊は、さらに大きく炎を巻き上げると鋼の塊を包み込んだ。ヒューゴが槌《つち》で鋼を叩き、次第に塊から剣の形に姿を変えていく。

（わあっ……）

職人技といったヒューゴの槌の動きと、それを見守るように鮮やかな炎で鋼を包む火の精霊の様子に、ソフィアも息を呑む。高温で熱された鋼が叩き延ばされ、鋭い刀身が形作られていく様子を、ソフィアは感動の面持ちで見つめていた。

剣の鍛造を一通り見終えたソフィアは、美しい刀身を前にして、額の汗を拭うヒューゴに尋ねた。

「素晴らしい技術を見せてくださって、ありがとうございました。火の精霊が力を貸してくれると、剣の出来栄えも異なってくるのでしょうか？」

「はい。火の精霊の助けがあると、力強くて切れ味の鋭い剣ができます。ただ、昔は火の精霊との積極的な交流もあったようですが、今では姿を見る程度が限界ですね。火の精霊の力は以前に比べると少しずつ衰えていますし、最近は、ある程度力のある火の精霊であっても見えない者も増えましたからね」

「……この火の精霊は、誰にでも見えるというわけではないんですか？」

首をかしげたソフィアに、ヒューゴが頷く。

「ええ、そうです。そう仰るということは、貴女様《あなた》の目には火の精霊が見えたのですね？」

「はい。眩い光を帯びた、橙色の小柄な精霊が見えました」

ヒューゴはソフィアに微笑んだ。

「さすがはジャスティン殿下が連れてこられた方だ。この町の刀鍛冶でも、火の精霊の姿が見える者は次第に減ってきているのですよ」

ジャスティンがヒューゴの言葉を継ぐ。

「精霊の種類によっても見えやすさは違うと言われているが、この火の精霊のように、動的な精霊で、ある程度力のあるものは、人々の目に見えることが多いとされている。だが、精霊の力の衰えによるものか、あるいは人々の意識の変化によるものなのか、だんだん見えづらくなってきているようだ。火の精霊はすべての人間に見えるというわけではないんだよ」

ヒューゴの表情が陰る。

「私がまだ幼かった、祖父の代だった頃は、刀剣が出来上がる度に、我々に力を貸してくれる火の精霊に感謝を捧げていたものです。けれど、いつしか火の精霊の存在が当たり前のようになり、その恵みに気付かない者が増えてしまったのかもしれません」

「そうなのですね……」

ソフィアの眉尻が寂しそうに下がる。

「精霊の力が次第に弱まっていることと、精霊のもたらす恵みへの感謝が忘れられ、精霊の姿が見える者が減ってきていることは、無関係ではないのかもしれませんね。ただ、今日は火の精霊の機嫌が良かったようで、質の良い刀身ができました。こちらの剣も、後日完成しましたらジャスティン殿下のところにお納めします」

「ありがとう、ヒューゴ」

工房を出るとすぐに、ソフィアは感慨深げにジャスティンを見つめた。

「精霊は、こんな風に人々の生活を助けてくれているのですね」

「ああ。ヒューゴが言っていたように、精霊と人間とのかかわりが少しずつ薄らいでいるのは残念だがな」

ジャスティンは小さく息を吐いた。

「遥か昔に召喚されてから、人々の元で手を貸し続けてくれているのがああいった精霊なのだが、時の経過とともに、力が少しずつ弱まっているものが多いんだ。さっきの火の精霊は、まだ良い部類に入るだろうが、再召喚しようにも成功しないことも多い。だから、俺たちは魔導書の研究を急いで進めているんだよ」

真剣な表情で頷いてから、ソフィアは不思議そうにジャスティンを見上げた。

「ところで、ジャスティンさんは、私には火の精霊が見えると思っていたのですか？」

精霊は誰にでも見えるのだろうと思っていたソフィアにとって、人によっても、また精霊の種類によっても、見えない場合があるという事実は驚きだった。

「ああ。君が王立図書館を照らす明かりの中に見た、あの静的な光の精霊のほうが、一般的には人の目に見えづらいんだ。君なら間違いなく火の精霊も見えるだろうと思っていたよ」

「精霊には、動的や静的といった違いがあるんですか？」

「精霊が多く召喚されていた時代の後世になってから、我々が勝手にそう分類しているだけだが、人間からの見えやすさという意味では明らかに違いがあるんだ。火や水、風の精霊は動的で比較的目に見えやすいのに対して、光や土の精霊は静的だと言われるし、中でも時の精霊は静的の極みで、ほとんど目には見えないとも言われているよ」

ジャスティンが微笑む。

「それに、力の強い高位の精霊の方が、低位の精霊よりも見えやすいようだ。精霊側の見えやすさに違いがある一方で、精霊が見えるかどうかが人によってなぜ異なるのかも、未《いま》だに謎が多くて研究中だ。ランズファルト王国の王族には精霊が見える者が多いんだが、必ずしも受け継いだ血筋によって決まるわけではないようだ」

「単純な話ではないのですね……」

「さっきヒューゴが言っていたように、精霊に感謝の気持ちを抱いているかといった、精神的な要素も影響すると考えられる。もし興味があれば、後で研究内容をソフィアに共有させてもらうよ」

「はい、ぜひよろしくお願いします！」

帰りの馬車に揺られながら、ソフィアはジャスティンに見せられた光景を思い出していた。

(ジャスティンさんはきっと、これからの仕事のためにも私を連れ出してくださったのね)

しみじみとソフィアが口を開く。

「ジャスティンさん、とても勉強になりました」

「それはよかった」

ソフィアに微笑んだジャスティンが、馬車の窓から見える景色を指差す。

「窓の外を見てごらん、ソフィア」

ジャスティンの視線を追ってソフィアが窓の外を見ると、青々とした田畑が一面に広がっていた。その横にはゆったりと川が流れている。ソフィアは思わず窓に顔を近付けた。

「綺麗ですね。緑の田畑が、地平線までずっと続いていますね」

「ここはヴィーズという地域で、ランズファルト王国でも有数の穀倉地帯なんだ。だが、今年は例年よりも雨量が少なく、川の水位も低下している」

「そうなんですね。一見しただけではわかりませんでした」

確かに、ソフィアがよくよく目を凝らしてみると、所々地面が乾いている場所や、萎《しお》れかけているように見える作物もあった。川の流れもあまり勢いがなく、どことなく心許なく見える。

「このままの状況が続けば、収穫に深刻な影響が出るだろう」

「そうなのですね……。水の精霊は、この地域にはいないのですか？」

「いることはいるのだが、水の精霊の力はだいぶ弱まっているから、力を貸りても、それだけで解決するのは難しい。今、水の高位精霊の再召喚を図ろうと取り組んでいる最中なんだ。ソフィアの知恵を借りることもあるかもしれないね」

ソフィアが真面目な表情で頷く。

「ランズファルト王国のお役に立てるように、頑張ります」

「期待しているよ、ソフィア」

ジャスティンの表情がふっと緩む。

「ついでにと言ってはなんだが、せっかく遠出したんだ。この近くに、風光明媚な場所がある。綺麗な景色を見て、美味《うま》いものでも食べていこうか」

「ええっ？　それこそ、私と一緒でいいんですか？」

「ソフィアと一緒だから楽しいんじゃないか。もう、週明けには研究員の仕事が始まるんだし、今のうちに羽を伸ばしておこう。俺にとっても、こういう機会は貴重でね」

ソフィアが知るだけでも、ジャスティンは王立図書館の運営責任者と、魔導書の研究所の役職を兼務している。さらに王弟としての公務も忙しいのだろうと想像すると、ジャスティンにこそ十分に休暇を楽しんでほしかった。

「そうですね、それなら思い切り楽しみましょうか」

「ああ、そうこなくっちゃ」

まるで少年のように活き活きとした表情になったジャスティンと、ソフィアは名所の観光をしたり、名物料理を味わったりして、思う存分休日を満喫した。気の合う彼といると、ソフィアも時間を忘れてしまう。少し離れたところから見守ってくれているマリウスには申し訳ないような気もしたけれど、ソフィアがマリウスを眺めると、意外にも彼は温かな表情で二人を眺めていた。

帰路に就いた時には、既に陽は傾き、馬車の窓から覗く景色も橙色に染まり始めていた。

揺れる馬車の中で、ジャスティンが満足げに伸びをする。

「ソフィアのお陰で、いい一日になったよ」

「ふふ。こちらこそ、ジャスティンさんと過ごせてとても楽しかったです。……それにしても、ジャスティンさんはかっこいいし目立ちそうなのに、意外と王弟殿下だと気付かれないものなんですね？」

小首をかしげたソフィアの前で、ふっとジャスティンが笑う。

「まあ、お忍びはお手の物だからね」

こういう時のオーラの消し方は、ジャスティンはマリウスにも驚かれる程度には慣れている。

けれど、ソフィアに思いがけずかっこいいと言われたことには、照れて頬を軽く色付かせていた。ただ、彼の染まった頬はちょうど夕陽の橙に重なって、ソフィアが彼の染まった頬に気付くことはなかった。

程なくして馬車は速度を落とすと、ソフィアの家の前に止まった。ジャスティンの手を借りて、ソフィアが馬車から降りる。

「今日は本当にありがとうございました」

にこにこと笑うソフィアの頭を、ジャスティンがぽんと撫でる。

「俺こそ楽しかったよ。もうすぐ始まる研究員の仕事も、よろしくな」

「はい」

ジャスティンはソフィアを軽く抱き寄せると微笑んだ。

「じゃあ、またな」

近くにある彼の顔を見上げて、ソフィアの胸が切なく疼く。

（少しでも気を抜いたら、彼のことを好きになってしまいそうだわ）

友情を維持するためにも、彼に恋心を抱いてはいけないとソフィアは自分に言い聞かせると、ジャスティンに手を振って別れた。


そんなソフィアを、物陰から呆然と眺めていた一人の男性がいた。元夫のヘンリーである。

ソフィアの穴を埋められるような人材が見つからず、彼女に対する態度を改めて、頭を下げてでも連れ戻そうと思って彼女の元を再訪したのだ。

けれど、家に戻ってきたソフィアは青年と一緒だった。

（誰だ？　あの男は）

綺麗な顔立ちをした青年が親しげにソフィアと話している様子を、ヘンリーは硬い表情で眺めていた。

（もう、ソフィアには新しい男がいるのか……？）

地味で化粧も薄かったソフィアが驚くほどの美青年と並んでいることに、ヘンリーは目を疑った。けれど、彼がさらに驚いたのは、ソフィアがジャスティンに向けた表情だ。花咲くようなソフィアの笑顔は、ヘンリーがこれまで一度も目にしたことのない、明るく可愛らしいものだった。

ヘンリーの胸に、今になって後悔が押し寄せる。

（何だ、あんな顔ができたのか……）

彼の目から見ても、弾けるような元妻の笑顔は魅力的だった。

（ソフィアと結婚していた時には、彼女を労《ねぎら》ったことなどなかったな）

いくらソフィアが尽くしてくれても、ヘンリーは当然のような顔をしているだけだった。妹のコートニーを望んだにもかかわらず、代わりにソフィアが嫁いできたことへの腹いせに加えて、仕事が有能だった彼女への劣等感も手伝って、ずっと高圧的に接し続けていたのだ。

愛人を妊娠させてしまった以上、もうソフィアと元に戻れないとは理解しつつも、ヘンリーの胸が鈍く疼く。自分が手放したソフィアが人のものになるかもしれないと思うと、途端に惜しくなってくる。

（くそっ。今更こんな気持ちになるなんて）

ソフィアが青年に手を振り、彼が遠ざかっていく様子を、ヘンリーはずっと眺めていた。青年の姿が小さくなっていき、ようやくヘンリーがソフィアの家に向かって足を進めようとした時、背後から突然肩を叩かれた。

「ここで、何をしているんですか？」

振り向いたヘンリーの目に、がっちりとした体格の赤髪の青年の姿が映る。人の良さそうな温和な顔をしているものの、目は笑っていない。立派な身なりをした彼を見て、ヘンリーは慌てていた。

「いや、僕は何も……」

赤髪の青年の鋭い視線に圧を感じて、ヘンリーが口籠もる。以前に追い返された元妻に会いにきた後ろめたさもあり、ヘンリーはそのまま彼に背を向けた。

（はあ、また日を改めて出直すか）

急ぎ足で去っていくヘンリーの後ろ姿を、マリウスは不審そうに眺めていた。

「今、彼はジャスティン殿下とソフィア様のことを物陰から盗み見ていたような……？」

彼が馬車に乗り込んで立ち去るところまで確認してから、マリウスはジャスティンの元へと踵を返した。

＊＊＊

いよいよ迎えた研究員としての着任日に、ソフィアはナサニエルに案内されて研究所の奥へと向かった。魔導書の研究所は、王立図書館と隣接した場所にある。研究員も、必要に応じて王立図書館を利用するとナサニエルから聞いていた。

（私にとって、最高の環境だわ）

自然とソフィアの口元が綻ぶ。ナサニエルに案内された先の研究室には、ジャスティンと二人の研究員が立っていた。

ジャスティンがソフィアを見て微笑む。

「紹介するよ。こちらが、新任のソフィア研究員だ」

研究室にいたのは、ジャスティンのほかに若手と思しき二人の男女の研究員だった。眼鏡をかけた灰褐色の髪の青年と、亜麻色の髪を頭の後ろで一つに結んだ小柄な女性だ。

「初めまして、ソフィア・ブルックと申します。よろしくお願いします」

丁寧に頭を下げたソフィアに、二人は嬉しそうに笑った。

「僕はトビーです、どうぞよろしく」

「私はカリンよ。あなたが、あの魔導書を解読したソフィア研究員ね」

カリンと名乗った女性が、トビーと楽しげに視線を交わす。

「あなたの解釈、素晴らしかったわ」

「本当ですか？」

頬を紅潮させたソフィアに、トビーが頷く。

「ああ。お陰で、ナサニエル様は新たに精霊の召喚に成功したんだよ」

ナサニエルもにこやかに笑った。

「トビーの言う通りです。要するに、あなたがなさった魔導書の解釈が正しかったと、実際に証明されたということです」

ジャスティンはトビーとカリンを順番に見つめた。

「君たち二人で、彼女に研究室の説明をしてくれるかい？」

「はい、もちろんです」

「ソフィア研究員、一通り研究所内を案内しますよ」

親切そうな二人の様子に、ソフィアも胸を撫で下ろす。ジャスティンはそんなソフィアを見て微笑んだ。

「君には当面の間、俺の直属の研究室で、トビー研究員とカリン研究員と一緒に魔導書の研究を行ってもらう。研究所の中では比較的若いチームになるが、よろしく頼む」

「後はお任せください、ジャスティン殿下、ナサニエル様」

「ああ」

ジャスティンとナサニエルが研究室を出ていった後、カリンは目を輝かせてソフィアに尋ねた。

「ジャスティン殿下が直々に推薦した研究員って、あなたのことだったのね」

「はい。色々と運が良くて、ジャスティン殿下に拾っていただきました」

トビーがくすっと笑みを零す。

「運だけでは、ジャスティン殿下は研究員として拾ったりはしないよ。殿下は実力主義だからね」

「そうそう、トビーの言う通りよ。この研究室にソフィア研究員が来てくれて、嬉しいわ」

「カリンも僕も、君が来るのを楽しみにしていたんだ」

そう年の変わらなそうな二人に、ソフィアの緊張はもう解け始めていた。

「よかったら、私のことはソフィアと呼んでください」

「じゃあお言葉に甘えるよ、ソフィア。僕たちにも、あまり気は遣わないでくれ。上下関係にこだわらない、風通しのいい職場だからね。では、早速だが、研究所を案内させてもらうよ」

トビーとカリンの後に続いて、ソフィアは研究所の中を見て回った。王立図書館の地下でソフィアがジャスティンに見せられたような、解読が必要な古い魔導書が研究所内にはたくさん残されていた。そのような魔導書を見るだけで、ソフィアの胸はわくわくと弾む。

「僕たちの研究室の研究対象は、まさに君がこの前やってくれたように、まだ解釈しきれていない魔導書を読み解いて、失われてしまった精霊召喚の技術を現代に蘇らせることなんだ」

「そうなんですね」

それなら自分にも少しは役に立てそうだと、ソフィアは安堵していた。

「中でも、精霊召喚の必要性が高まっている分野に重点を置いている。今は、火・水・光の精霊を中心に研究しているよ」

（ジャスティンさんが火の精霊に会わせてくれたのも、きっとこの研究を念頭に置いていたからだったのね）

彼のさりげない心遣いに、ソフィアは感謝を感じずにはいられなかった。

トビーとカリンは、研究所内で顔を合わせた研究員たちにも次々とソフィアを紹介してくれた。

「ここの研究員は、一癖ある人も多いけれど、全員に共通しているのは、魔導書に並々ならぬ情熱を傾けているということかしら」

「それは素敵ですね……！」

自分も例に漏れず、三度の飯よりも睡眠よりも魔導書が好きなソフィアにとって、仲間が一気に増えたような気がして嬉しかった。

トビーも同意を示して頷く。

「皆、魔導書に関する議論も大好きだよ。誤っていても、自分なりの意見を持って論拠を説明できるなら、互いの意見を尊重する文化があるんだ。そこから、新しい発見もあるしね」

（ここで働くことが、ますます楽しみになってきたわ……！）

自由で開かれた雰囲気の研究所を、ソフィアはすっかり気に入っていた。

トビーとカリンについて研究所内を一周したソフィアは、研究室に戻ると数冊の魔導書を手渡された。

「この栞が挟んであるページを確認してもらえるかしら。何かわからないことがあれば、いつでも聞いてね」

「はい！」

ソフィアはうきうきとしながら、受け取った魔導書を開いた。


「とんでもない新人さんが来たわね……」

ソフィアが作業する姿を眺めて、カリンが呟く。魔導書を難なく読めているという時点で相当にレベルが高いうえに、彼女の正確な理解と集中力にも舌を巻いていた。

トビーもカリンも、研究課程ではトップクラスの実績を収めて研究員になっている。それだけに、ソフィアの実力を短時間のうちに正しく理解していた。

「明らかに新人のレベルじゃないよ。ジャスティン殿下も、よくこんな子を見つけたな」

「私たちも、もっと仕事に身が入るわね」

トビーとカリンが、楽しそうに顔を見合わせる。

ソフィアにとっての研究員初日は、あっという間に過ぎていった。

一日の終わりに、業務の進捗状況をトビーとカリンに共有すると、二人とも手放しで褒めてくれた。彼らの人柄の良さを感じて、ソフィアは働きやすい環境に感謝せずにはいられなかった。

彼女が以前に家業やフォークス伯爵家の手伝いをしていた時に時折見かけた、足の引っ張り合いや嫉妬といった陰湿な部分も、今のところは感じられない。各人が能力を発揮することが純粋に歓迎されている職場のようだ。

(何て素敵な職場なのかしら)

研究所からの帰り道、ソフィアの背後から聞き慣れた声が掛かった。

「ソフィア」

「ジャスティン殿……さん」

近くにほかの人がいないことを確認したソフィアが言い直す。

充実感を漂わせるソフィアを見て、ジャスティンはにこやかに笑った。

「研究員としての仕事には、満足してもらえたかな?」

「はい、とっても。それに、トビーさんもカリンさんも本当に素敵な方で、一緒に働けて嬉しいです」

「それはよかった。トビーもカリンも、君を仲間に迎えて喜んでいたよ。まだ若手とはいえ優秀な二人だから、君にとってもきっといい刺激になると思う」

「こんなに恵まれた環境で働かせてもらえて、感謝しています」

「ところで……」

ジャスティンがソフィアに尋ねる。

「君は宿舎に移るのかい、それとも、今の家から研究所に通うつもりかい？」

「宿舎のほうがずっと研究所に近いですし、遠からず引っ越すつもりです。もう、荷物はだいたい纏めました。今住んでいる部屋も気に入っているので、少し寂しいのですが……門番のいる宿舎のほうが安心して過ごせそうですし」

ソフィアの表情が微かに陰る。元夫のヘンリーがずかずかと部屋に踏み込んできたことを思い出したからだ。すぐに追い返しはしたけれど、ソフィアが一人で暮らしているからと軽く見られているようで、気分の良いものではなかった。

「君の部屋で、何かあったのかい？」

心配そうに聞いたジャスティンに、ソフィアが微かに苦笑する。

「いえ。妹と元夫が訪ねてきたことはありましたが、その程度です」

「……何だって？」

ジャスティンの目つきが、急に険しくなる。

「妹の訪問は理解できるが、元夫が訪ねてくるなんて、どんな用件だったんだい？」

「彼の家で、私を一従業員として雇いたいという話でした。でも、もちろん断りました」

「離縁した妻に、よくそんな非常識な話を持ちかけられるものだな。君が以前から有能だったことは、想像に難くないが……」

怒りを露《あら》わにした彼は、勢いよくソフィアに言った。

「すぐに引っ越しをしよう。俺も手伝うよ」

「えっ⁉　さすがに大丈夫ですよ。荷物もそれほど多くはないですし」

「いや、一人より二人のほうが速いだろう」

「それはそうですが……」

ソフィアがくすりと笑う。

「ジャスティンさんって、意外と過保護なんですね」

「また元夫が君の元を訪ねてくるようなことがあったらと思うと、心配でね」

「元夫に何を言われようと、魔導書の研究員を辞めるつもりはまったくありませんが、ジャスティンさんのお気遣い、とても嬉しいです」

ソフィア自身も、押しの強い元夫を多少なりとも不安に思っていたこともあり、ジャスティンの言葉は素直にありがたかった。

「今日、このまま君の家を訪ねても？」

「はい。何だかジャスティンさんに甘えすぎのような気もしますが……」

「そんなことは気にしないでくれ。さ、行こうか」

彼と一緒に、ソフィアは馬車に乗り込んで家へと向かった。

気に入って住んでいた部屋だっただけに、一抹の寂しさを感じながらも、ソフィアは残りの荷物を手早く纏める。

「これで全部かい？」

「はい」

側に控えていたマリウスの手を借りる間もなく、箱に詰めた資料類と、旅行鞄に纏めた私物をすぐに馬車へと運び終えると、そのまま二人は再び馬車に乗り込んだ。

「荷物運びまでジャスティンさんの手を借りてしまって、すみません」

恐縮するソフィアに、ジャスティンが微笑む。

「いや、このくらいは何でもないよ。俺だって、ソフィアが宿舎にいてくれたほうが安心だからね」

（ジャスティンさん、優しすぎるわ）

自分の能力をそれほど買ってくれているのかと感謝しながらも、ソフィアは驚きを隠せずにいたのだった。

ジャスティンに案内されて着いた宿舎の部屋は、ソフィアが借りていた部屋の倍以上の広さがあった。さらに、宿舎という言葉の響きからは想像していなかったほどに立派な部屋だ。まるで王家への来賓用の客室のように、美しい家具が一式揃っていることに加えて、壁まで見事な絵画で飾られている。

「ええと、ここが無償で使えるのですか……？」

「ああ、そうだよ」

「あまりに素敵な部屋で、驚きました」

「それはよかった」

ジャスティンが笑う。

「何より、安全面でも心配ないよ」

「確かに、その通りですね」

（条件の良さが尋常じゃないわ。前の部屋も気に入っていたけれど、ここことは比べるべくもないわ……）

ソフィアは感嘆のあまり、それ以上言葉も出なかった。

（お父様とお母様は、私がどこに住んでいても無関心かもしれないけれど。コートニーは前の住所に訪ねてきてくれたし、一応手紙で知らせておこうかしら）

少し落ち着いたら妹に手紙を出そうと、几帳面なソフィアは考えていた。

＊＊＊

ヘンリーは、愛人のミランダとの間で修羅場を迎えていた。

「主治医から聞いたぞ。妊娠していなかったというのは、本当なんだな？」

フォークス伯爵家の主治医にミランダを診察させたヘンリーは、額に青筋を立てて激怒していた。妊娠したと言っても、なかなか腹の膨らんでこないミランダに疑念を抱いたヘンリーが、嫌がる彼女を無理やりに主治医に診せた結果、妊娠が嘘だったと判明したのだ。

「だって、あなたは私が何を言っても、私との結婚の話をのらりくらりと躱し続けていたじゃない！」

ミランダがヒステリックに叫ぶ。

「妻なんて愛していない、近いうちに離縁するというあなたの言葉をずっと信じて待っていたのよ!?　それなのに、あなたは奥さんに黙って私と逢瀬《おうせ》を重ねるだけ。あのままじゃ誠実な対応なんて見込めなかったから、責任を取ってもらうことにしたのよ」

想定外のミランダの剣幕に、ヘンリーも怯《ひる》んだ。

「だからといって、妊娠したと嘘をつくなんて……」

「あの地味な元妻と別れられたのだもの、これから私と子供をつくれば済む話じゃない」

ヘンリーは、最近まではぞっこんに惚れ込んでいた、色っぽいミランダを眺めた。美しい顔を怒りに歪める彼女を見て、自分の気持ちがすうっと冷めていくのを感じる。

（ミランダは、こんな女だっただろうか）

上目遣いでいじらしく自分の機嫌を取っていた頃とは、まったく対照的な彼女が目の前にいた。ソフィアの愚痴を零すと、いつでも自分の味方になってくれたミランダを、当時は愛おしく感じたものだ。あなたは悪くない、妻に可愛げがないだけで、自分が妻だったらそんな思いはさせないのにというミランダの甘い言葉は、ヘンリーの胸を慰めた。

けれど、ミランダが妊娠したと聞いて、ヘンリーがソフィアと離縁した後は、ミランダの傲慢なところが目に付くようになった。家業の手伝いなど妻の仕事ではないと、フォークス伯爵家の事業の話になど耳も貸さない。

それまでは、愛人の立場で我慢させているからと、ヘンリーが無理をして贅沢をさせてきたことも裏目に出たようだ。当然のような顔で湯水のように彼の金を使うミランダをヘンリーが諫めようとしても、途端に不機嫌になる始末だった。

我儘《わがまま》なミランダを、ヘンリーは少しずつ面倒くさく感じるようになっていた。そこに、彼の子を妊娠していないことが判明したのだ。

ヘンリーは静かに言った。

「もう別れよう、ミランダ」

「なっ……!?」

ミランダの顔からみるみるうちに血の気が引いていく。

「どうして？　ようやくあなたと一緒になれると思ったのに」

彼女の大きな瞳に、焦りが滲む。急に掌を返したヘンリーに慌てて、上目遣いで目を潤ませたミランダに、ヘンリーは続けた。

「ソフィアと別れてから、君の本性が見えたような気がするよ。君は、僕の妻――将来のフォークス伯爵家夫人に相応しくない」

（僕は、ソフィアと離縁すべきではなかった）

ミランダにはどうしたってソフィアの穴は埋められないと、ヘンリーは最近になってやっと気付いた。ソフィアの仕事の能力だけでなく、穏やかで優しい気性も、失って初めてありがたさがわかる。

「そんな言い方、酷《ひど》いわ。私だって、あなたの妻として立派に振る舞ってみせるわよ」

「社交だけなら何とかなるかもしれないが、君はフォークス伯爵家の事業のことをどれだけ知っているんだい？　僕は何度も話そうとしたけれど、君は聞く耳を持たなかったじゃないか。手切れ金は渡すから、もう僕のことは忘れてくれ」

彼の言葉に、ミランダが顔を歪めて声を震わせる。

「私の大事な時間を奪っておいて、何を言い出すかと思えば……」

ミランダはがたっと音を立てて椅子から立ち上がると、ヘンリーを睨《にら》み付けた。

「無責任すぎるわ！」

「君だって、僕が結婚しているのを承知で愛人になったんじゃないか」

「それは、あなたとの将来を信じていたからよ」

無益な泥仕合に溜め息をついたミランダが、冷ややかにヘンリーを見つめた。

「最後に言わせてもらうわ。仕事のことなんて、あなたの甲斐性《かいしょう》がないからいけないんじゃない。あなたの家の事業でしょう⁉」

痛い所を突かれて、ヘンリーも忌々しそうに黙り込む。ミランダはそんな彼を見下ろすと続けた。

「あなたは、自分のことはいつだって棚に上げて、調子が良すぎるのよ。私にも、それがよくわかったわ。……手切れ金の話、忘れないでね」

別れ際にそれだけ言い捨てると、ミランダはヘンリーを振り返ることなく立ち去っていった。

刺さる言葉を言われて傷付いてはいたものの、ヘンリーはミランダと別れられたことにほっと胸を撫で下ろした。

以前、自分の妻だった時の優しかったソフィアの顔に加えて、離縁を切り出した時の彼女の傷付いた表情が頭に浮かぶ。ヘンリーの口角が薄く上がった。

（これで、改めてソフィアを迎えに行ける。この前は、従業員として声を掛けたから難色を示しただけで、彼女を再び妻に迎えたいと頭を下げれば、今度こそ僕の元に戻ってきてくれるはずだ）

ヘンリーは、ソフィアが蜂蜜色の髪の青年に対して向けた魅力的な笑顔を思い出していた。

（変な虫が付く前に、ソフィアを取り戻さなければ）

別れ話でミランダと揉《も》めたことに疲労を感じながらも、彼女の去っていった方向をちらりと眺めると、ヘンリーはゆっくりと椅子から腰を上げた。

（あのみすぼらしい小さな部屋から、僕の妻としてフォークス伯爵家の広い屋敷に戻れるんだ。ソフィアだって喜ぶに違いない）

ソフィアが住んでいた部屋が既にもぬけの殻になっていることなど、彼には知る由もなかった。

第六章　初めての精霊召喚

ソフィアが魔導書の研究員になってから、早くも一か月以上が経っていた。王立図書館に並んでいた魔導書よりも、さらに解読の難しい魔導書にこつこつと向き合う日々が続いている。

「おはよう、ソフィア。今日も早いね」

「トビーさん、おはようございます」

「もうだいぶ、研究員の仕事にも慣れてきたみたいだね」

欠伸を噛み殺したトビーが、ソフィアに尋ねる。

「地道な作業も多いと思うけど、ソフィアにとってこの仕事はどうだい?」

「とってもやりがいがあって、楽しいです!」

笑顔で即答したソフィアに、トビーも笑みを返す。

「それはよかった。世間のイメージよりも、実際の研究員の仕事は地味な部分が大半だからね。いくら優秀でも、想像と違うと言って辞めていく人もいるんだが、ソフィアがそう言ってくれて安心したよ」

ランズファルト王国を支える精霊の研究は、王国の根幹にかかわるものだ。力の強い高位精霊の召喚に成功すれば、国民の暮らしを大きく改善することにも繋がる。

けれど、精霊の召喚は容易ではない。大昔に精霊が召喚されてからというもの、その力を借りる生活が当然になっていた時代が長く、失われてしまった古い召喚技法を蘇らせることは難しい。

目の下に黒い隈のできているトビーを見つめて、ソフィアが心配そうに眉を寄せる。

「昨夜も、トビーさんは遅くまで残っていましたよね？」

「ああ。もう少しで読み解けそうなところがあって、つい作業に没頭していたら、気が付いたら夜が更けていたんだ」

「そうだったんですね。無事に読み解けましたか？」

「ああ。僕なりに答えが見つかったから、疲れも吹き飛んだよ。精霊召喚に辿り着くまでには、もう少し時間がかかりそうだけどね」

トビーが充実した顔で笑う。その時、研究室にカリンが駆け込んできた。

「おはようございます、カリンさん」

「カリン、おはよう。そんなに急いでどうしたんだい？」

興奮気味に鞄を下ろしたカリンは、慌ただしく魔導書を開いた。

「おはよう、ソフィア、トビー。ずっと悩んでいた部分があったんだけど、さっき顔を洗っていたら、突然アイデアがひらめいて！」

「それで、ここまで飛んできたってわけか」

「そういうこと。あっ、ここだわ……」

魔導書をめくっていたカリンが目を輝かせる。手元のノートを開くと、カリンは魔導書の記述と見比べた。

「きっと、ここが間違ってたんだわ。呪文を唱えた時、魔法陣は微かに光ったのに、精霊は現れなかったの」

「魔法陣が光ったってことは、かなりいい線をいってるんだろうな。次こそは上手《うま》くいくといいな」

顔を輝かせて話す先輩たちを、ソフィアはにこやかに見つめた。

（トビーさんもカリンさんも、本当にこの研究が好きなのね）

二人とも頭の回転が速いうえに、魔導書の研究に対する熱量が半端ではないのだ。四六時中、暇さえあれば魔導書のことを考えているように見える。それでいて、新人の自分にも優しく指導してくれる彼らと働けることが、ソフィアにはとても嬉しかった。


その後の休憩時間に、カリンは興味津々といった様子でソフィアに尋ねた。

「ソフィアは、どうして魔導書にそんなに詳しいの？　ここしばらくあなたの仕事ぶりを見てきたけれど、どうしたって新人には見えないわ」

トビーもカリンの言葉に頷く。

「僕も、ソフィアに同じことを聞きたいと思ってたんだ。研究課程には通わずに、ジャスティン殿下の推薦を経て研究員になったと聞いているけれど、研究員顔負けの知識を持っているよね」

ソフィアは慌てて首を横に振った。

「いいえ、私はまだまだ半人前です。トビーさんとカリンさんの仕事を側で見ていると、とっても勉強になりますし。ただ、基礎的な知識という意味では、幼い頃に曽祖母に教わりました」

「へえ、そうなんだ。魔導書に詳しい方だったなんて、その時代の女性では珍しいね」

「そうかもしれませんね。曽祖母の部屋には魔導書も数冊ありましたし」

トビーとカリンが顔を見合わせる。

「魔導書が⁉　それは驚きだな」

「普通の家には、まずないわよね。研究者の家系なら別かもしれないけど……」

「私も、曽祖母が持っていた魔導書がそれほど貴重なものだったなんて、当時は知りませんでした」

「それにしても、難しい魔導書を見て、幼い頃によく興味を持ったね？」

不思議そうに首をかしげたトビーに、ソフィアは懐かしそうに言った。

「『精霊と時の王国』という、魔導書が登場する物語を知っていますか？　曽祖母がその本を私に勧めてくれてから、すっかり夢中になって、それから魔導書を手に取るようになったんです」

「ああ、『精霊と時の王国』は僕も好きだよ！」

「私も、何度も読み返したわ。魔導書の研究員の大半は、『精霊と時の王国』を読んだことがあるのではないかしら」

　カリンが楽しそうに続ける。

「知ってた？　『精霊と時の王国』は、フィクションのようだけれど、史実を基にした話が所々に織り込まれているんですって」

「へえ。時代背景はしっかり描かれていると思ったけれど、それは知らなかったな。例えば？」

「あの物語のヒロインは、シャルローゼの民の末裔でしょう？　シャルローゼの民は、流浪の民だったうえに人口も少なくて、今では各地に散ってしまっているらしいのだけれど、あの民の血を引く者には、実際に精霊は好意的だったらしいの」

「そうなんですか？　それは初めて知りました」

「そういえば、ソフィアも、『精霊と時の王国』のヒロインと同じ黒髪ね。ランズファルト王国では珍しいわよね」

　ソフィアがカリンに微笑む。

「今思えば、曽祖母が私に『精霊と時の王国』を勧めてくれたのも、黒髪の私を励まそうとしてくれたからなのかもしれません」

「……せっかく綺麗な髪なのに、どうして励ます必要が？」

艶やかなソフィアの黒髪を眺めて、カリンが首をかしげる。トビーもカリンの言葉に頷いた。

「この王国ではあまり見かけない色だけれど、僕も素敵だと思うよ」

魔導書の研究所では、多様性を受け入れてくれることに感謝しながら、ソフィアは微かに苦笑する。

「私の両親は、一目で異民族の血が混ざっているとわかる、この黒髪を嫌がったのです。私の家系には、黒髪の持ち主が生まれるのはごく稀だったようで、曽祖母と私くらいしかいませんでしたから。でも、曽祖母は、実家で疎んじられていた私をいつでも庇ってくれました。魔導書を読んでいると、大好きだった曽祖母の存在を、何だか近くに感じるんです」

「僕にも、ソフィアの気持ちはわかるような気がするな」

「本の世界の素晴らしさや、外国語の読み書きを私に教えてくれたのは、本好きだった曽祖母でした。中でも魔導書に対する知識はとても深いもので、嫌な顔一つせずに、私の質問に丁寧に答えてくれました」

「そんな素敵な曽祖母上がいたなんて、ソフィアが羨ましいよ。……それにしても、それだけ魔導書の知識に長けているのに、どうしてすぐに研究員にならなかったんだい？」

「魔導書の研究員になるのは私の夢だったんですが、応援してくれた曽祖母が他界してからは、両親には叶うはずがないと反対されました。それで、研究課程に進む代わりに、ある伯爵令息に政略結婚で嫁ぐことになったんです。愛人と結婚したいと言われて、もう離縁されましたが」

トビーとカリンははっと表情を曇らせた。

「踏み込んだことを聞いてしまって、すまなかったね」

「いえ、大丈夫です。別に、隠しているわけではありませんでしたし」

「ソフィアはいつも明るかったから、そんな波乱万丈を経験していたなんて知らなかったわ。でも、ソフィアは頭の回転が速くて魔導書に対する勘も鋭いし、研究員の仕事はぴったりね。政略結婚先で大人しく我慢しているよりも、ずっといいと思うわ」

「ありがとうございます。今の私があるのも、魔導書を読んでいたところに、ジャスティン殿下が声を掛けてくださったお陰です。……ところで、トビーさんとカリンさんは、どうして魔導書の研究員になろうと思ったんですか？」

カリンはトビーを見て微笑んだ。

「トビーは根っからの精霊好きだからね」

照れたようにトビーが頭を掻く。

「僕は火の精霊を見て育ったんだ。実家が刀鍛冶の家で、火の精霊は身近だったからね」

ソフィアがトビーに尋ねる。

「もしかしたら、トビーさんはカルデンの町のご出身ですか？」

「僕はカルデンの隣町の出身だよ。あの辺りの地域は、刀鍛冶が盛んでね。でも、僕は刀鍛冶よりも、それに手を貸してくれる火の精霊に心を奪われたんだ。それがきっかけで、精霊召喚に使う魔導書に魅せられてしまって」

懐かしそうに、ふっとトビーが遠い目をした。

「元々は、長男の僕が実家を継ぐ予定だったんだけど、どうしても魔導書の研究がしたいと我儘を言って、研究員になれなければ家を継ぐ約束で、研究課程に進ませてもらったんだ。それで運良く研究員になれたから、実家は弟が継いだよ」

「そうだったんですね」

頷いたソフィアから、トビーがカリンに視線を移す。

「カリンも、昔から魔導書の研究員になるのが夢だったんだよな？」

「ええ。実は、私もきっかけはソフィアと同じで、昔『精霊と時の王国』を読んだからなの。時間を忘れて、夢中になって読んだわ」

カリンがにっこりと笑う。

「あの本の中に、日照り続きの土地を水の精霊が潤す場面が出てくるのだけれど、ソフィアは覚えているかしら？」

「はい。ヒロインが召喚した水の高位精霊が、旱魃《かんばつ》にあえぐ村々を救うところですよね？」

「そう。私の住んでいた村も、私がまだ幼い時に、水不足で作物が育たない厳しい年があったの。でも、その時に私の村を救ってくれたのが、魔導書の研究員が召喚してくれた水の精霊だった。水の精霊が雨を呼ぶ様子を見た時には、感動のあまり言葉も出なかったわ」

当時を思い出し、感慨深げにカリンが続ける。

「あの時恵みの雨を降らせてくれた水の精霊は、高位の精霊ではなかったから、十分な雨の量とはいかなかったのだけれど、それでも、精霊のお陰で村は助かったの。もし水の精霊が手を貸してくれなかったら、あの年の作物はすべて駄目になっていたと思うわ」

「そんなことがあったのですね……」

「農村にとって水不足は死活問題だから、精霊の力は本当にありがたいのよね」

ジャスティンと一緒に見た田畑の光景を思い出しながら、ソフィアが頷く。

「カリンは寝ても覚めても魔導書のことを考えてるよね」

「精霊を召喚できるなんて、魔導書って何て神秘的な力を秘めているんだろうって思うわ。この仕事に就けて、本当に幸運だったと思っているの」

ソフィアは二人の話を聞いて目を輝かせた。

「お二人にとって、魔導書の研究員はまさに天職ですね」

「そうね。それはソフィアにとっても同じだと思うわ」

「僕も同感だよ」

「ふふ、ありがとうございます」

自身も魔導書の魅力に取りつかれているだけに、ソフィアには魔導書に惹かれるトビーとカリンの気持ちが手に取るようにわかる。尊敬する先輩であるのと同時に、同じ方向を向く同志が側にいることが嬉しかった。

カリンは一つ伸びをすると、椅子から立ち上がった。

「そろそろ、仕事に戻りましょうか」

「そうだね」

「はい」

自分の席に戻り、ソフィアが再び魔導書に向き合おうとした時、ちょうど研究室の扉が開き、ジャスティンが姿を現した。

「ジャスティン殿下」

彼の姿に、すぐに三人が椅子から立ち上がる。一冊の魔導書と一束の報告書を手にしたジャスティンは、研究室に足を踏み入れると三人に向かって口を開いた。

「君たちの研究室で読み解いてくれた魔導書の記述を元に、召喚したい精霊がいる。昨日提出されたこの報告書は、君たち三人の連名になっているが、魔導書のこのページ——光の精霊の召喚部分を読み解いてくれたのは誰だい？」

ジャスティンが机に置いた報告書を、カリンが覗き込む。

「これはソフィアが読み解いてくれたところですね。……ね、そうよね？」

カリンに指差されたページを見て、ソフィアは頷いた。

「はい」

ジャスティンは嬉しそうにソフィアを見つめた。

「そうだったのか。なら、ソフィア、これから精霊の召喚をしてみないか？」

「えっ、私が？　いいんですか？」

そう答えたソフィアがトビーとカリンに視線を移すと、二人が笑顔で頷く。

「もちろん。君が読み解いたんだから、君が召喚するのが筋だよ」

「私も同感だわ。ソフィアは、精霊召喚を見たことはある？」

「ジャスティン殿下が光の精霊を召喚するところを、一度だけ見たことがあります」

ソフィアの言葉に、ジャスティンが微笑む。

「今回も光の精霊だから、君が前に見た精霊召喚とも似ていると思う。この光の精霊は、何世紀にもわたって王宮を照らす精霊の一人なんだ。……来月の初旬に、ランズファルト王国が主催する、海外の要人を招いた会議が王宮で開かれることを知っているかい？」

「ええ、話には聞いています。ジャスティン殿下も出席するんですよね？」

「ああ、その通りだ。周辺国の王族や宰相が、大勢参加する会議になる予定だよ」

ランズファルト王国の周辺には、国境を接していくつかの強大な王国が存在している。現状では、いずれの国とも友好的あるいは中立的な関係を保っているが、ランズファルト王国の豊かな領土と資源は、周辺国からも羨望の眼差《まなざ》しを向けられている。ただ、昔は精霊の恩恵を受けて産業が発展し、国民の生活も潤って繁栄していた王国も、今は頭打ち状態だ。足元を見られることのないようにと、諸外国との外交には細心の注意を払っている。

「残念ながら、この光の精霊の力も徐々に弱まっているんだ。かつては王宮の大広間を眩く照らした精霊なんだが、最近はその姿を見ることができる王族も減っていてね」

「そうだったんですね……」

王国に加護を与える精霊との距離がますます開いているように感じて、ソフィアの眉尻が下がる。

「では、早速だが王宮の大広間に向かおうか。トビー、カリン、君たちも時間があれば見にくるかい？」

「「はい、ぜひ」」

トビーとカリンの声が揃う。

「では、行こうか」

分厚い魔導書はトビーが、薄い報告書の束はソフィアが手に持って、ジャスティンを先頭に四人は研究所の側にある王宮へと向かった。

天に向かって堂々と聳《そび》え立つ王宮に足を踏み入れたソフィアが、優美な内装にほうっと感嘆の溜め息をつく。

（何て素敵なのかしら）

鮮やかな色彩の絵に彩られた天井は、繊細な彫刻が施された太い柱に支えられている。天井画や彫刻それ自体も美しかったけれど、ソフィアが目を惹かれたのは、そこに描き出されている精霊たちの姿だった。そのどれもが物語の一部を成しているように見える。

目を輝かせて周囲を見回すソフィアに気付いたジャスティンが尋ねた。

「君は、王宮に入るのは初めてだったかな？」

「はい。毎日のように外から見てはいましたが、実際に中に入るのは初めてです」

ソフィアが働く研究所は、王宮の目と鼻の先にある。けれど、彼女にとっては近くて遠い存在だった。

カリンがソフィアに向かって微笑む。

「王宮に関連する精霊の召喚をする時は、こうして時々王宮に来るのよ」

トビーもカリンの言葉に頷く。

「研究所も王宮の側にあるから、すぐに歩いてこられるしね。でも、大広間に行くのは僕も初めてだな」

ジャスティンが三人を振り返った。

「そうか。王宮内でも最も美しいと言われている大広間を君たちに見てもらう、ちょうどいい機会かもしれないな。この廊下の突き当たりだよ」

彼は長く広い廊下を進むと、正面にある背の高い扉を押した。ギッと大きな音が響き、その後はゆっくりと滑《すべ》るように扉が開く。

「うわあっ……！」

ソフィアの口から、思わず声が漏れる。高い天井には大きな翼を持つ大精霊が描かれ、窓から差し込む光が幻想的に天井画を照らし出していた。大精霊は、高位精霊の中でも最高位に位置する精霊だ。厳かで神秘的な大精霊たちの絵に、トビーとカリンも上を向いたまま天井画に見惚れている。ジャスティンは、熱心に天井画を見上げる三人に笑いかけた。

「君たちが見ているのは、かつてこのランズファルト王国を救ったと言われる大精霊の絵だよ。この大広間の天井には、火・水・光・風・土・時のそれぞれの大精霊の姿が描かれているんだ」

天井画を見るだけで、絵を描いた画家の大精霊たちへの畏敬の念が伝わってくるようにソフィアには感じられた。磨き上げられた大理石の床や、天井の中央に吊るされた大きなシャンデリアも相まって、格調の高い空間になっている。

「王宮の天井や壁にあしらわれている絵や彫刻は、この大広間にあるものを含め、人間に救いの手を差し伸べる精霊への感謝を表すものが多い。かつて実際に起きた話が元になっていると言われているよ」

（絵と彫刻に、訴えかけてくるような迫力があるのは、きっと昔の実話が元になっているからなのね）

ソフィアはジャスティンに視線を移した。

「……こんな大精霊たちを、実際に召喚できた時代もあったのですか？」

「ああ、そう言い伝えられている。召喚に成功したのは、もう数百年以上前だと言われているがね。近年では残念ながら、大精霊の召喚の成功例はない。魔導書が正しく読み解けた場合でも、高位精霊になると、必ずしも召喚に応えてくれるとは限らないんだ」

カリンもジャスティンの言葉に頷く。

「研究所の限界だって叩かれることもあるけれど、研究員は皆めげずに頑張っているのよ」

「一筋縄ではいかないんですね……」

ソフィアは気を取り直してジャスティンに尋ねた。

「ところで、召喚したい光の精霊は、この大広間のどこにいるのですか？」

「天井のシャンデリアを見上げてごらん」

ジャスティンがぱちんと指を鳴らすと、シャンデリアがふわりと温かな光を帯びた。

「外からの陽射しがある今の時間帯だと少しわかりづらいから、カーテンを閉めるのを手伝ってくれるかい？」

ソフィアは、高い窓の脇に束ねられていたカーテンを閉めて回った。トビーとカリンも、手分けしてカーテンを閉めていく。

日光の遮られた大広間を照らすのがシャンデリアだけになると、温かな色合いの明かりがよく見えた。言われないと気付かない程度かもしれないけれど、広々とした室内を照らすには、やや心許ないようにも思われる。

シャンデリアにソフィアが目を凝らすと、シャンデリアの内側から優しげな光の精霊が顔を出していた。

四人を見下ろす精霊を、ソフィアがじっと見つめる。光の精霊と、ソフィアは目が合ったような気がした。

（確かに、姿が少し薄らいでいるようだわ）

どことなく、精霊はソフィアに助けを求めているように見えた。ジャスティンも光の精霊を見上げて口を開く。

「人工的な明かりや、もっと下位の光の精霊を集めて大広間を照らすこともできるのだが、諸外国に対して、主だった精霊の力が弱まっているような印象を与えたくないんだ。不用意に隙を見せたくはないからね」

周辺国でも、それぞれに精霊の力を利用してきた過去があるものの、その中でも、ランズファルト王国は特に精霊の力に支えられてきた歴史がある。外交上も、足元を見られるような状況は避けたいという事情があった。

「当然のように頼ってきた光の精霊の力が薄らいでいることに、今更ながら気付いて焦っている王族も多い。同じ光の精霊を再召喚したいと思っていたら、君が魔導書を読み解いてくれたんだ」

「少しでもジャスティン殿下のお役に立てたなら、よかったです」

口元を綻ばせたソフィアに、ジャスティンが続ける。

「では、あの光の精霊を再召喚してみようか」

「はい。私でよければ、ぜひやらせてください」

トビーとカリンも、ソフィアの背中を後押しした。

「ソフィアなら、きっと上手くいくよ」

「私もそう思うわ。肩の力を抜いてね」

心強い先輩たちに笑顔を向けたソフィアは、一つ深呼吸をすると、ジャスティンに差し出された魔導書に描かれた魔法陣を見つめた。初めての精霊召喚に、期待と不安が入り混じった気分になる。

ジャスティンがソフィアに声を掛けた。

「精霊が力を貸してくれるように祈りながら、魔法陣に手をかざして。魔導書に書かれている精霊召喚の呪文を、君が読み解いた通りに唱えてくれるかい？」

「はい」

彼女の横では、カリンとトビーがソフィアを見守っている。ソフィアは魔法陣に両手をかざすと、意識を集中させた。

（このランズファルト王国に、そしてジャスティン殿下に、どうか力を貸してください）

ジャスティンが外交で他国の来賓たちと会う時に、憂いなく会議に臨めるようにと願いを込めて、ソフィアは魔法陣を見つめた。

シャルローゼの民の古代語を、ゆっくりと落ち着いた声でソフィアが紡いでいく。次第に精神が研ぎ澄まされていく中で、ソフィアはこれまで経験したことのないような温かな力を掌に感じた。すると次の瞬間、呪文の響きに応えるように、魔法陣の星形の五つの角と、それを囲むように描かれた円から淡い光が浮き上がる。ソフィアには、周囲の空気がぴりっとエネルギーを帯びたように感じられた。魔法陣の中心にはさらに明るい光が集まり、小柄な少女の姿を形作っていく。ソフィアは無我夢中で魔法陣に手をかざしたまま、その中心を見つめていた。

魔法陣の上に、眩い輝きを放つ光の精霊が姿を現したのを見て、トビーとカリンが歓声をあげる。

「やったな、ソフィア」

「さすがね、大成功よ」

目の前に現れた光の精霊に、ソフィアは言葉をなくして見入っていた。ソフィアの背丈の三分の一くらいの大きさの可愛らしい精霊が、温かな表情で彼女を見上げている。

ソフィアの願いを聞き入れたとでも言わんばかりに、光の精霊は微笑みを浮かべると、すうっとシャンデリアに向かって浮き上がっていった。自然な動きでシャンデリアの中にいた精霊と重なり合うと、白く眩い光が放たれ、途端にシャンデリアが輝きを増す。煌々《こうこう》と照らすシャンデリアの下で、大広間がぐっと明るくなる。

ソフィアがシャンデリアを見上げると、中から顔を出した光の精霊が再びにっこりと笑った。

精霊に向かって笑みを返した彼女の肩を、ジャスティンがにこやかに叩く。

「一回目で成功だなんて、凄いじゃないか！」

カリンも笑顔で言った。

「あえて口には出さなかったけれど、私なんて、初めての精霊召喚に成功するまで十回以上もかかったのよ‼」

「はは、僕もだよ。それに……」

トビーがシャンデリアの中にいる光の精霊を見上げる。

「あの精霊、今ソフィアに笑いかけたよね？」

「ね、私もそう思ったわ」

「やっぱり、君たちにもそう見えたか」

三人の会話に、ソフィアが首をかしげる。

「よく知らないのですが、精霊が笑うことは珍しいのですか？」

ソフィアが目にした精霊召喚では、二回とも召喚された精霊が笑ったために、それが特別なのかがよくわからなかったのだ。ジャスティンが笑顔で頷く。

「ソフィアは、精霊に好かれているのかもしれないな」

カリンも顔を輝かせた。

「それって凄いことよ、ソフィア。精霊にいくら好かれたくても、これぱっかりは、意思や努力ではどうにもならない部分があるもの」

トビーも感慨深げにソフィアを見つめた。

「研究員にとって何より大事な資質を、ソフィアは備えているのかもしれないね」

ソフィアの頬が軽く色付く。

「私が好かれているのかはわかりませんが、あの光の精霊を召喚した時、私たちに手を貸してくれようとする、優しく前向きな気持ちが精霊から伝わってきました」

「初めての精霊召喚で、無事成功したうえにそんな風に感じられたなんて、十分すぎるくらいの結果だと思うよ。……ソフィア、大丈夫かい？」

ジャスティンは、眩暈《めまい》を感じて足下をふらつかせたソフィアを抱き留めた。彼の温かな腕に、ソフィアの胸がどきんと高鳴る。

「すみません、迷惑を掛けてしまって」

「いや、君のせいではないよ。精霊召喚の影響かな」

青白いソフィアの顔を見て、トビーとカリンの眉尻も下がる。

「大丈夫かい、ソフィア？」

「顔色が悪いわね……」

「こういう時は、無理しないほうがいい。ちょっと失礼」

そう言ったジャスティンは、そのままソフィアをひょいっと両腕に抱き上げた。

「ジャ、ジャスティン殿下⁉　いったい何を……」

たちまち真っ赤になったソフィアに、ジャスティンが軽くウインクをする。

「精霊召喚、お疲れさま。今日はもう宿舎で休んでくれ」

「私、自分で歩けますから！　それに、まだ仕事が……！」

彼女の言葉は意に介さずに、ジャスティンはトビーとカリンを見つめた。

「もうソフィアは休ませてしまってもいいかな？」

軽々とソフィアを抱き上げているジャスティンと、普段は落ち着いているソフィアがあたふたとする様子を、トビーとカリンはぽかんと口を開けて眺めていた。ジャスティンの視線に、はっと我に返った二人が頷く。

「はい、もちろんです」

「今日の仕事は十分すぎるほどやってくれましたし、何と言っても身体が第一ですし」

「ほら、トビーとカリンもこう言ってくれているよ。さあ、行こうか」

言い返す言葉も見つからずにいるソフィアを腕に抱き上げたまま、ジャスティンはトビーとカリンに視線で合図をしてから立ち去っていった。

ジャスティンとソフィアの小さくなっていく姿を見送りながら、堪《こら》え切れなくなったようにカリンがくすりと笑う。

「ジャスティン殿下、何だかすごく楽しそうだったわね」

「ああ、あんな表情の殿下を見たのは初めてだよ。……そろそろ僕たちも研究室に戻ろうか？」

「ええ、そうね。ソフィアに素敵な精霊召喚を見せてもらって、今日はいい日になったわ」

「そうだね、僕たちの研究室に来てくれたのがソフィアでよかった。僕らも負けないように精進しないとな」

トビーとカリンは、大広間のカーテンを元通りに開けると笑顔で研究室に戻っていった。誰もいなくなった大広間では、光の精霊が元気な姿で一回転すると、ふっとシャンデリアの明かりを消した。

＊＊＊

ソフィアを腕に抱えて王宮を出たジャスティンは、女性用の宿舎の入口に近付いていた。すたすたと歩いていく彼に、ソフィアが恥ずかしそうに口を開く。

「あの、ジャスティン殿下。そろそろ下ろしていただけると……！」

「いや、これくらいは俺に甘えてくれ。精霊召喚で今のような症状が出ることがあると、事前に話していなかった俺が悪かった」

ジャスティンの腕に抱えられたまま話すと、自然と至近距離で彼の美しい顔を見ることになり、ソフィアの胸がどきどきと高鳴る。

（むしろ、こうしてジャスティン殿下の腕に抱えられているほうが心臓に悪いような気がするわ）

宿舎の入口で係の者に確認を取ると、ジャスティンはそのまま宿舎へと入っていった。ソフィアの部屋の前で、彼女から鍵を受け取ったジャスティンがドアを開く。

「君のベッドまで運んでもいいかい？」

「すみません、ありがとうございます」

広いベッドに優しく身体を下ろされたソフィアは、上半身を起こそうとして頭を押さえた。

「うっ……」

頭を動かすと、まだ多少は眩暈がする。ジャスティンは心配そうに言った。

「頭痛がするのかい？　身体に力が入らない感覚が残っているのかな」

「いえ、大丈夫です。すぐに落ち着くと思います」

ジャスティンはじっとソフィアを見つめた。

「君はきっと、人一倍精霊と波長が合うんだろうな」

「どういうことですか？」

「精霊を召喚する時、魔法陣を通って時空を超える精霊には負担がかかる。その精霊と波長が合うと、場合によっては、精霊が受けた負荷を召喚者が感じることがあるようなんだ。過去の例として、そのような話を耳にしたことはあったが、ごく稀なケースで、俺も特に意識してはいなかった。すまなかったな」

「謝らないでください、何の問題もないので」

微笑んだソフィアの髪を、ジャスティンはそっと撫でた。

「時間が経てば落ち着くと聞いてはいるから、調子が戻るまで安静に過ごしてくれ」

「本当に大丈夫です。それより、せっかくここまで来てもらったのですから、お茶でも淹れますね」

ソフィアは再び身体を起こそうとしたけれど、ジャスティンに止められた。

「まずは君の体調が最優先だ。無理しないでくれ」

「迷惑を掛けてしまって、申し訳ないです」

しょんぼりした様子のソフィアに、ジャスティンは優しく笑った。

「王宮の大広間にあんなに明るい光が戻ったのは、ソフィアのお陰だ。感謝しているし、これからも君に期待しているよ。今日の埋め合わせに、今度君を誘わせてくれないか？」

「むしろ、私がジャスティン殿下にお礼をしたいくらいなのですが……」

戸惑うソフィアに、ジャスティンが悪戯っぽい表情を浮かべる。

「俺の誘いを受けてもらえるかな？　それから、今は俺たち二人だけだよ、ソフィア」

「……はい、ジャスティンさん。楽しみにしています」

「はは、よかった」

ジャスティンが明るく笑う。ソフィアよりも年上なのに、まるで少年のような彼の無邪気な笑顔に、ソフィアは思わずきゅんとした。

「じゃあ、ゆっくり休んで」

ジャスティンはソフィアの手をそっと握ってから、部屋を出ていった。

部屋のドアが閉まる音がした後も、ソフィアの鼓動は速いままだ。

(ジャスティンさんとの距離感が、たまにわからなくなるわ)

ソフィアとの元々の良い友人関係を保ちたいために、身分を明かした今でも彼はこれほど親切なのだろうかと、ソフィアはベッドの上で首を捻る。

(王弟であるうえにあれほど綺麗な顔をしていたら、私なんかじゃなくても、いくらでも誘える相手はいるはずなのに。気心の知れた仲の私だと、気楽だからなのかしら?)

ジャスティンと親しくなってから、ソフィアは、彼がほかの人に対して外向きの顔を作っている時には、敏感にそれを察するようになっていた。どことなく、彼の内に秘められた孤独を感じることもある。はじめはその理由がわからなかったけれど、彼が王弟だと知ってからは、それがすとんと腑に落ちた。背負うものの大きさの違いに、自分には想像のつかないようなプレッシャーがあるのだろうと、想像するだけで胸が苦しくなることもある。

そんな彼が自分に気を許してくれていることが、ソフィアにはとても嬉しかった。

「少しでも、ジャスティンさんを支えられたらいいな」

ソフィアの口から小さな呟きが漏れる。ソフィアにとって、ジャスティンはとても大切な友人であり、尊敬する上司でもある。彼が安らげる時間をちょっぴりでも提供できるなら、それだけで十分すぎるくらいだった。それに、ソフィア自身、彼といると時間を忘れるほど楽しい。

（あんまり優しくてびっくりすることもあるけれど、誤解しないようにしなくっちゃ）

元夫のヘンリーと結婚していた時、自分が女性として見られていなかったことを、ソフィアは十分に自覚している。

別に美人でもなければ可愛げがあるわけでもない自分が、ジャスティンとこれほど親しくなれたこと、そして彼によって研究員の道が開かれたことが、今でも奇跡のように思える。それも、フリーダが授けてくれた知識が導いてくれたお陰だ。

ソフィアは首を傾けると、窓の外に広がる青空を見つめた。

（大御祖母様、ありがとうございます）

フリーダが空の上から見守ってくれているような、温かな感覚を覚えながら、ソフィアは幸せな気持ちで静かに目を閉じた。

けれど、ジャスティンが抱き上げてくれた腕や、握ってくれた手の感覚が頭から離れずに、ソフィアはしばらく悶々《もんもん》としながら、ベッドの上で寝返りを打つことになるのだった。

第七章　復縁する気はありません

精霊召喚の後、十分に身体を休めたソフィアは、翌日の朝にはすっかり元気になっていた。

（これもジャスティンさんのお陰ね）

時間が経てば回復することを身をもって実感したソフィアが、軽い足取りで研究所に出勤する。

トビーとカリンもほっと胸を撫で下ろしたものの、その日の終業時刻を迎えても、まだ机に向かっているソフィアに気遣わしげに声を掛けた。

「ねえ、ソフィア。今日はまだ、あんまり無理をしないほうがいいんじゃないかな？」

「私もそう思う。明日は休みだし、また週明けから元気に出勤してもらえたらと思うわ」

「でも、昨日の午後はお休みをもらいましたし……」

二人が揃って首を横に振る。

「とにかく、身体が第一だからね」

「そうよ。新人のあなたに、これ以上負担をかけたくはないし」

体調には特に問題なかったものの、ソフィアは彼らの気遣いを感じて微笑んだ。

「もうすぐ切りが付くので、そうしたらお言葉に甘えて早めに失礼しますね」

「ああ、わかった」

「頑張りすぎない程度にね」

早々に仕事を切り上げたソフィアを、二人は温かく見送ってくれた。

（研究所にいるのは、皆いい方ばかりだわ。トビーさんもカリンさんもそうだし、もちろんジャスティンさんも）

フォークス伯爵家で働いていた時に比べると、恵まれすぎた環境のようにも感じながら、ソフィアは宿舎の自室へと戻った。

週の勤務日を終え、心地良い疲労感を覚えながら伸びをする。窓から見える外の景色は、まだ明るい。

（今週も、いい週だったわ）

研究所に入ってから、ソフィアの毎日はとても充実している。

特に、昨日の精霊召喚を思い出すだけで、ソフィアの胸は躍った。召喚後に眩暈を覚えたものの、自分が召喚した光の精霊が王宮の大広間を照らす様子は、一言では言い表せないほど感慨深いものだった。

研究員のローブを纏ったまま、ソフィアはしばらくソファーに腰掛けてぼんやりと感慨に耽っていた。知らぬ間にうとうとと眠りに落ちていたソフィアの耳に、ドアをノックする音が届く。

「あら？　誰かしら」

慌てて目を擦ったソフィアが部屋のドアを開けると、宿舎の制服を着た係の者が立っていた。

気付けば窓の外は陽が落ちて薄暗くなっている。

「ソフィア様にご来客があるのですが、どうなさいますか？　デニス様と仰る方です」

「まあ……！」

フォークス伯爵家で世話になった使用人のデニスの顔が、ソフィアの頭に懐かしく浮かぶ。

「すぐに行きます。彼は今どこに？」

「待合室でお待ちですが、応接室にご案内しておきましょうか？」

「はい、よろしくお願いします」

宿舎には、入口の側に、来訪者があった時に宿舎の利用者が使用できる応接室がある。

ソフィアは研究員のローブを脱いでハンガーに掛けると、急いで応接室へと向かった。


応接室にやってきたソフィアを見て、デニスは嬉しそうにソファーから立ち上がった。

「若奥……ソフィア様！　ご無沙汰しております」

「久し振りね、デニス」

変わらない大きな眼鏡を掛けた彼を見て、ソフィアの顔も綻ぶ。けれど、ソフィアの眉尻は気遣わしげに下がった。ソフィアが離縁された頃は、焦げ茶の髪に白髪が少し交じる程度のデニスだったけれど、白髪の割合がだいぶ増えたように見える。

「……最近はどうしているの？」

「正直な話、ソフィア様が出ていかれてから、フォークス伯爵家は大変です」

デニスは疲れた顔で苦笑した。

「目が回るほど忙しいのですが、ソフィア様がいらした頃と比べたら、売上もだいぶ落ちてしまいました。特に、海外相手の取引は大打撃です。流暢《りゅうちょう》に外国語を扱えるソフィア様が去られてからは、取引先との意思疎通に支障が生じることが増え、トラブルも頻発しています」

「そうだったの……」

ソフィアの口から、無意識のうちに溜め息が漏れる。

「ヘンリー様は、ソフィア様が抜けた穴を埋めるために必死になっていらっしゃいますが、業績は右肩下がりです。旦那様も不機嫌で、奥様やヘンリー様との口喧嘩《げんか》も増えましたし、屋敷の雰囲気は相当悪くなっています」

デニスがふっと遠い目をした。

「思い返せば、ソフィア様がいらした時は屋敷の空気も穏やかで、我々使用人も居心地良く過ごせていました。屋敷内がぎすぎすしだしてからは、辞めていく使用人も増えましたしね」

「デニスも忙しそうだけれど、身体を壊さないように気を付けて。ところで、あなたが私に会いにきた理由は何なのかしら？」

「実は……」

デニスは持ってきた鞄から数枚の書類を取り出した。いずれも外国語で作成された契約書だ。彼は申し訳なさそうにソフィアを見つめた。

「ソフィア様にお願いするのは筋違いだとわかってはいますが、できれば、ここにある契約書と覚書の内容を教えていただけないでしょうか。これらを正しく理解できる者が、今のフォークス伯爵家にはいないのです。ソフィア様がいらした時に、貴女様と一緒に海外取引に携わっていた者も、ヘンリー様の下ではやっていられないと皆辞めてしまいまして」

必死なデニスの表情を見て、ソフィアが頷く。

「わかったわ。ここにあるものだけでいいのね？」

元夫と結婚していた当時に世話になったデニスが疲れ切っている様子を見て、ソフィアは首を横に振れなかった。デニスの顔がほっと緩む。

「はい。フォークス伯爵家にとって、特に重要度の高いものだけを持ってまいりました」

「ただ、今回限りにしてもらってもいいかしら？　申し訳ないけれど、私も新しい仕事に就いているから」

「お忙しい中、出すぎたお願いをしてご迷惑をお掛けしてしまい、こちらこそ申し訳ございません」

「では、この契約書から説明するわね」

ソフィアの説明を、デニスが熱心にノートに書き留めていく。二人の前には、温かなコーヒーが運ばれてきた。

その後、一通り説明を終えたソフィアに、デニスが深々と頭を下げる。

「本当にありがとうございました。これで、大きな問題は避けられそうです」

顔を上げた彼は、躊躇いがちにソフィアを見つめた。

「……伺って良いものかわかりませんが、ソフィア様は今、どのようなお仕事をなさっているのですか？」

「私は、魔導書の研究員をしているの」

「魔導書の研究員、ですか……!?」

デニスの目が丸く見開かれる。

「ランズファルト王国でも最高峰のお仕事ですね、おめでとうございます」

「たまたま運が良かったの」

「いえ、それはソフィア様の実力ですよ」

謙遜するソフィアに、デニスは微笑みかけた。

「貴方様が去られてから、フォークス伯爵家の何もかもが回らなくなったことにも納得がいきます。……以前、ヘンリー様が鼻息を荒くして、貴女様を使用人として雇うのだと仰っていたことがありましたが、断られるはずですね。せめて復縁を申し出るのが筋だろうと、私は内心で憤っておりましたが」

「ヘンリー様の愛人が妊娠なさったのだもの、それはあり得ないわ」

「ああ、そのことなのですが……実は、ヘンリー様はもう……」

デニスの言葉の途中で、応接室のドアがノックされた。ソフィアが返事をすると、ドアが開いて再び宿舎の係の者が顔を覗かせる。

「ソフィア様。お客様がもう一名お見えです」

彼の背後にいる青年を見て、ソフィアは顔を引きつらせ、デニスはばつが悪そうに俯いた。

応接室のドアが閉まってから、靴音を響かせてデニスの隣に腰を下ろした彼は、斜め向かいにいるソフィアを見つめた。

「捜したんだぞ、ソフィア」

デニスの後から時間差で姿を現したのは、元夫のヘンリーだった。

(どうして、ヘンリー様がここに……?)

ヘンリーがじろりとデニスを睨みつける。

「デニス、勝手なことをするな。ようやく俺がソフィアの居所を掴んだのに、お前が一人で先に会いにきているとはな」

ソフィアが引っ越した後に再び元の住まいを訪れたヘンリーは、部屋が空室になっていることを知って焦り、手を尽くして彼女の転居先を探したのだった。それでも見つからなかったために、結局、再びコートニーに新作のドレスを贈り、彼女からソフィアの引っ越し先を聞いたのだ。

「申し訳ございません、ヘンリー様。ですが、このままではまた大切な顧客を失ってしまうことになるかと思いまして……」

「お前がこれ以上悩む必要はなくなるだろう」

ヘンリーはソフィアに向き直ると、居住まいを正した。

「ソフィア、君に頼みがあるんだ」

元夫の顔を、ソフィアは淡々とした表情で見つめた。

「フォークス伯爵家の使用人になる気はないと、もうお断りしたはずですが」

「違うんだ。ソフィア、僕と復縁してくれないか」

「……は？」

怪訝な表情をしたソフィアに、ヘンリーが続ける。

「僕はもう、愛人とは別れたよ」

ちらりとデニスに視線を移したソフィアは、彼の表情から、さっき彼が口にしかけたのは、きっとこのことだったのだろうと察していた。

ヘンリーが神妙な面持ちでソフィアを見つめる。

「ソフィアと別れたことが間違いだった。ようやく目が覚めて、君をどれだけ必要としているかに気が付いたんだ」

「……貴方様の愛人は、妊娠なさっていたのでは？」

非難めいた視線をソフィアから向けられて、ヘンリーは慌てて首を横に振る。

「あれは彼女の嘘だった。僕は騙されていたんだ。……君に離縁を申し出たことは謝るし、これからは君を大切にすると約束する。だから、どうか今までのことは水に流して、僕の元に戻ってきてくれないか」

「お断りします」

躊躇いなく返されたソフィアの言葉に、ヘンリーは目を剥《む》いた。

「なぜだ？　離縁されて実家からも勘当された女が、その後まともな人生を歩めるわけが……」

デニスが、横からヘンリーを諭すように口を開いた。

「ソフィア様は、今は魔導書の研究員のお仕事をなさっているのですよ」

「な、何だって⁉」

想像もしていなかった言葉に、ヘンリーはしばし言葉を失ってからソフィアに視線を戻した。

「魔導書の研究員になれるのなんて、このランズファルト王国のエリートの中でもほんの一握りじゃないか。君がそんな立場に選ばれるはずが……」

その時、応接室のドアがノックされ、ヘンリーの前にコーヒーが運ばれてきた。今いる場所がどこなのかを思い出したようで、ヘンリーは苦々しく呟く。

「まさか、本当に？　簡単な研究員の補助業務などではなく？」

「はい。魔導書の研究員としての採用です」

頷いたソフィアからは、ヘンリーが知っていた彼女とは違い、内側から滲み出る確かな自信が感じられた。以前よりも一層魅力が増したソフィアを前にして、ヘンリーが唇を噛む。

（いくらソフィアが優秀だといっても、そんなことがあるだろうか）

ランズファルト王国の優秀な頭脳の中でも、上位のごく一部の人間しか就くことのできない魔導書の研究員に元妻が選ばれたということが、ヘンリーには未だに信じられなかった。

しばらく口を噤《つぐ》んでから、多少冷静になったヘンリーが再び口を開いた。

「魔導書の研究員になるには、王族の推薦が必要なはずだったな。貴族学校に進んだ者なら誰でも知っていることだ。研究課程も収めずに僕と結婚した君が、王族の推薦を得られるはずがない。嘘も大概に……」

荒らげられたヘンリーの言葉を遮るように、背後からソフィアの聞き慣れた声が響く。

「俺がソフィアを研究員に推薦したのだが、何か問題でも？」

ソフィアが振り向くと、部屋の入口に、分厚い本を一冊小脇に抱えたジャスティンの姿があった。

「ジャスティン殿下……！」

ぱっと顔を輝かせて立ち上がったソフィアの隣に、ジャスティンが並ぶ。

ソフィアは、一見微笑みを浮かべているようにも見えるジャスティンの目が、少しも笑っていないことに気が付いた。

(どうしてこんなところに王弟殿下が?)

青ざめたヘンリーは、隣に並ぶデニスと共に急いで立ち上がると、ジャスティンに向かって揃って頭を下げた。

「まさか王弟殿下の推薦があったとは知らずに、失礼いたしました」

「そろそろソフィアを借りたいのだが、いいかい?」

ジャスティンは穏やかな表情をしてはいたけれど、その言葉には有無を言わせぬ圧力が感じられた。デニスが深々と一礼する。

「長らくソフィア様のお時間をいただいてしまい、大変申し訳ございませんでした。すぐに失礼させていただきます」

横にいたヘンリーは不満げに口角を下げたけれど、王弟の前でデニスの言葉を否定することは難しく、渋々彼も頷いた。

そんな二人を前にして、ジャスティンがソフィアに微笑みかける。

「じゃあ行こうか、ソフィア」

「はい。……では、失礼します」

ソフィアはヘンリーとデニスに軽く頭を下げると、ジャスティンの後に続いて応接室を後にした。

　ようやく人心地ついた気分で、ソフィアが隣を歩くジャスティンを見上げる。

「さっきは助け舟を出してくださって、ありがとうございました」

「いや。ソフィアは大丈夫だったかい？」

「はい。ジャスティンさんのお陰で助かりました」

　ソフィアを気遣わしげに見つめたジャスティンが、思案顔で口を開く。

「……さっきあの応接室にいたのは、君の元夫かな？」

「はい。元夫と、元夫の家の使用人です」

「穏やかな感じは受けなかったが、どんな用件で君を訪ねてきたのか、差し支えなければ聞いても？」

「使用人の男性は、私が携わった外国との契約について内容を聞きにきたんです。外国の文字を読める者が、元夫の家から皆辞めてしまったらしくて」

「それは、君に聞くべき内容ではないような気がするがな」

　ジャスティンが顔を顰める。

「いくら君が外国語に堪能だとはいえ、本来、君の元夫が把握しておくべきことだろう」

「ジャスティンさんの言う通りなのですが、彼には私もお世話になりましたし、質問されたことには一通り答えました。ただ、このように私が対応するのは、今回限りだと伝えています」

「そうか。君の元夫はなぜ君に会いに？」

「……元夫からは、復縁を求められました」

「何だって？」

ジャスティンの目には、隠し切れない怒りが滲んでいた。ソフィアが慌てて言葉を続ける。

「もちろん断りましたが」

「それを聞いて安心したよ」

ジャスティンがふっと小さく息を吐く。

「漏れ聞こえてきた彼の言葉を耳にした限りでは、ソフィアに対して高圧的で、一方的なようだったがね。復縁を求める者の態度とは思えなかったし、俺も思わず頭に血が上ってしまったよ」

「ジャスティンさんが助け舟を出してくださって、嬉しかったです」

ソフィアの頬が染まる。ジャスティンの声が聞こえた時、心からの安堵とともに、胸に甘酸っぱい想いが込み上げたことを、ソフィアははっきりと自覚せざるを得なかった。

ヘンリーがソフィアに復縁を迫った時にも、彼女の頭にふと浮かんだのはジャスティンの顔だったのだ。ソフィアは少しも迷わずに、即座にヘンリーからの復縁の申し出を断った。

（私、いつの間に、こんなにジャスティンさんのことを好きになっていたんだろう……）

今までは、気付きそうになる度に胸の奥に押し込んで蓋をしていた気持ちが、とうとう溢れ出してしまったようだった。

　どぎまぎする彼女に向かって、ジャスティンが労るような笑みを浮かべる。

「大切な君があんな言われ方をしているのに、見過ごすことはできなかった」

　ジャスティンの『大切な君』という言葉に、思わず胸を高鳴らせたソフィアだったけれど、彼に笑顔を返しながら、心の中で自分に言い聞かせた。

（ジャスティンさんの友人でいるためにも、身の程をちゃんとわきまえなくちゃ。それに、彼が買ってくれているのは、私の魔導書の知識だもの）

　彼と出会い、親しくなれたのも、曽祖母から受け継いだ魔導書の知識があったからこそだ。その知識は評価されているにせよ、それ以上の気持ちは決して彼に期待したくはなかった。

　ソフィアは、頭脳明晰なうえに容姿端麗で誰から見ても魅力的な王弟のジャスティンと、離婚歴のある、実家からも除籍された自分では、どう見ても釣り合わないとわかっている。

（少しでも魔導書の研究員としてジャスティンさんのお役に立てるなら、そして彼の友人でいさせてもらえるなら、それで十分だわ）

　笑みを返したソフィアが、ジャスティンに尋ねる。

「せっかくですし、お茶でも飲んでいらっしゃいませんか？」

　ジャスティンが笑顔で頷く。

「では、お言葉に甘えさせてもらうよ」

宿舎の自分の部屋にジャスティンを招き入れたソフィアは、茶を淹れるための湯を沸かしながら、ふっと小さく息を吐いた。

（私の気持ちを、ジャスティンさんに気付かれないようにしないと）

これまではジャスティンを友人としてしか見ていなかったソフィアにとって、彼への恋心を自覚してしまったことは一大事だった。

（きっと、私のこの気持ちが彼に伝わってしまったら、今のような友人関係ではいられなくなってしまうわ）

すっかりジャスティンには気を許しているはずなのに、同じ空間に彼がいると思うだけで、ソフィアの心臓はどきどきと跳ねてしまう。

優しくて頭の回転が速く、ウィットに富んだジャスティンとの会話は、いつだってとても楽しい。ついいつもの感覚でジャスティンをお茶に誘ってしまったソフィアだったけれど、ぎくしゃくすることなく、今まで通りに彼と過ごせるようにと願っていた。

気持ちを落ち着けるように一つ深呼吸をすると、ソフィアは紅茶の茶葉をポットに入れた。手元に用意したのは、お気に入りのアールグレイの茶葉だ。熱湯をゆっくりとポットに注ぐと、鼻腔をくすぐるベルガモットの香りが立ち上った。ふわりと広がる爽やかな香りに、ソフィアの緊張が少しずつ和らいでいく。

ポットで茶葉を蒸らしていた時、ソフィアの背後からひょいっとジャスティンが顔を覗かせた。

「いい香りだね」

「ひゃあっ⁉」

突然間近に現れたジャスティンの顔を見て、ソフィアの声が裏返る。ジャスティンはくすりと笑みを零した。

「はは、そんなに驚かなくても」

「もう。ジャスティンさんったら、びっくりさせないでください」

「何となく、さっきから君が普段よりぼんやりしているように見えて、気になっていたんだ。……元夫や使用人に会って、何か思うところがあったのかな」

ソフィアがぼんやりとしていたのは図星だったけれど、それは元夫のヘンリーや使用人のデニスのせいではなく、ジャスティンのことを考えていたからだった。

正直にそれを言うこともできずに、ソフィアが言葉を濁す。

「そういうわけではないのですが……」

「さっき君は復縁を断ったと言っていたが、もしかしたら、元夫だった彼に多少なりとも心を残しているのかい？」

普段とは異なり、奥歯に物が挟まったような言い方をしたソフィアに、ジャスティンが気遣わしげに尋ねる。彼に向かって、ソフィアは慌てて首を横に振った。

「違います、決してそれはありません」

「君は懐が深くて、優しい女性だからね。使用人が君を訪ねてきたところを見ても、嫁ぎ先だった伯爵家でも頼りにされていたのだろう。離縁した夫が追いかけてくるというのも、余程のことだと思う。俺が首を突っ込んでいい話ではないのだろうが、心配になったんだ」

「ふふ。ジャスティンさんは、いつも優しいですね」

ソフィアは結婚当時を思い出すと、遠い目をした。

「あの頃、少なくとも元夫には認められていませんでした。自分なりには慣れないことを頑張ったつもりでいたのですが、元夫は、私が何をしても気に食わなかったみたいで。……思い返してみると、自分を守るために、傷付いていたことにさえ気付かないふりをしていたようです」

ヘンリーと結婚していた頃には、彼の機嫌をうかがって息を潜めるように過ごしていたけれど、それはもうずっと遠い昔のことのように思えた。

「嫁いだ以上、妻としての務めを果たそうとしましたが、私にまともに取り合ってもくれない元夫に、心惹かれることはありませんでした。そんなところも、可愛げがなかったのかもしれませんね。……でも、今はようやく息を自由に吸えるようになった気がします」

感謝を込めて、ソフィアがジャスティンに笑いかける。

「王立図書館に通うようになって、ジャスティンさんと出会ってから、急に人生の風向きが変わったみたいです。今も、毎日の研究所での仕事が本当に充実しているんですよ。こんなチャンスをいただけるなんて、少し前の私はこれっぽっちも想像していませんでした。これもジャスティンさんのお陰ですね」

ソフィアが好きなことに邁進し、ジャスティンと会ってから、靄《もや》に霞《かす》んでいた目の前が、明るく開けてきたようだった。

「そんな風に言われると、何だか照れるな。俺のほうこそ、ソフィアと出会えて運が良かったよ」

「ところで、ジャスティンさんはさっき、どうしてあの場にいらしたのですか？」

ちょうど困った時に現れて救いの手を差し伸べてくれたジャスティンが、ソフィアにはまるでヒーローのように眩しく見えたものの、どうして彼がそんな場所にいたのか不思議だったのだ。

「長らく君に借りていた魔導書を、君に返しにきたというのが一つだ」

ジャスティンが振り返ったテーブルの上には、ソフィアが彼に貸していた、濃紺の表紙の魔導書が置いてある。

「わざわざありがとうございます」

「俺こそ、フリーダさんの形見だという大切な魔導書を、君の言葉に甘えて長々と借りてしまって、すまなかったね。非常に興味深い魔導書だったよ。ほかの魔導書ではまるで見かけたことのない精霊召喚の記載もあった」

「それはもしかして、時の精霊の召喚についてですか？」

ソフィアの言葉にジャスティンが頷く。

「その通りだ。時の精霊に関する記述はほかの魔導書にも少なく、まだまだ謎が多い。また、ソフィアに相談させてもらうかもしれない」

「もちろん、何かあったらいつでも声を掛けてください。……ただ、私も、時の精霊についてはほかに聞いたことがなくて、覚えがあるとすれば、『精霊と時の王国』の物語で登場したことくらいでしょうか」

本の中で、物語の舞台となった王国をヒロインが救う際、重要な役割を果たしたのが時の精霊だったのだ。

「俺も同じだ。あの部分が史実を元に書かれているのかは俺にもわからないが、頭の片隅に留めておく必要はありそうだな。それから……」

ジャスティンがソフィアを見つめる。

「さっきあの場にいたもう一つの理由は、君の都合を聞きたかったからだ。ソフィアと出かけたいと、この前誘わせてもらっただろう？」

急に飛んできた変化球に、ソフィアの胸がとくんと高鳴る。

ジャスティンは、つい先刻目にした光景を思い出して苦笑した。

「君を捜しにきたら、来客があると係員に聞いてね。話が終わるまで待っているつもりだったんだが、男性の怒声が漏れ聞こえてきたから、堪《たま》らずにドアを開けてしまったんだ」

決まり悪そうに頭を掻いたジャスティンに向かって、ソフィアが微笑む。

「あの時、ジャスティンさんの顔を見たら、一気に安心してしまいました。……こんなところで立ち話も何ですし、そちらのソファーに移って話しましょうか」

蒸らしたアールグレイの茶葉の入ったポットを持ち上げると、ソフィアはカップとともにトレイの上に置いた。ソフィアがそれを持とうとすると、彼女よりも早く、ジャスティンが自然な動きでトレイを持ち上げる。

「そうだな。これは俺が運ぶよ」

「いつもありがとうございます、ジャスティンさん」

今ではだいぶ慣れてきた彼のさりげない気遣いも、はじめのうちは、元夫ヘンリーとのあまりの違いに驚いたものだ。

ジャスティンがトレイをテーブルに置き、ソフィアがポットからカップにお茶を注ぐ。湯気とともに、芳しいアールグレイの香りが部屋に満ちる。

カップを傾けながら、ジャスティンが口を開いた。

「君とこうして茶を飲むのは、久し振りだな」

「ふふ、そうですね」

ジャスティンを王弟と知ってから、以前によく出かけたカフェからは足が遠のいていた。単純に仕事が忙しくなり、自由時間が減ったことに加えて、王宮に近く、かつ人目につく場所で、彼と二人きりで過ごすことへの引け目もある。

「君が忙しそうだったから、最近はカフェに誘うのを遠慮していたんだが、また声を掛けてもいいかい？」

「ええ。でも、王弟殿下のジャスティンさんが、ごく普通のカフェで過ごして大丈夫なんですか？」

「まあ、マリウスも俺からそう遠くない場所に控えているし、何より、俺の正体が気付かれること自体、そう多くないからな。これまでソフィアと一緒にいた時だって、俺が王弟だと気付いて声を掛けてくる者はいなかったし、君だって、俺を王弟だとは思わなかっただろう？」

「そう言われてみると、確かにその通りですね。……王弟殿下に相応しいオーラをお持ちなのに、その消し方がお上手なんですね、きっと」

真面目な顔で答えたソフィアに、ジャスティンが思わず噴き出した。

「それはどうも。褒め言葉かな？」

「はい。またジャスティンさんとカフェに行けるなら、それは私にとっても嬉しいことですし」

ソフィアがつられるように笑う。

「話は戻るが、君の来週末の都合はどうかかな？」

「来週末なら空いていますので、何時でも大丈夫です。また精霊に関する場所に向かうのですか？」

わくわくとした様子でソフィアが尋ねる。ジャスティンは思案顔で彼女を見つめた。

「そのほうがよければ、精霊に関係がある行き先を考えるよ」

「……？　魔導書や精霊に関わる場所に出かけるから、私を誘ってくれたのではないんですか？」

ソフィアが首をかしげる。ジャスティンに声を掛けられたのは、仕事に役立ちそうな場所に出かける前提なのだろうと考えていたからだ。

ジャスティンは首を横に振った。

「単純に、久し振りに君と二人きりで出かけたかったんだ」

「えっ？」

ぽかんとソフィアの口が開く。

「何か仕事上の口実があったほうがいいかい？」

「いえ。休日ですし、そんなことはないんですが……」

「ソフィアは、どこか行きたい場所はあるかい？」

「ええっ、と……」

予想外のジャスティンの言葉に、友人として誘われたのだろうと思いつつも、ソフィアはしどろもどろになっていた。混乱するソフィアを見て、ジャスティンが悪戯っぽく笑う。

「じゃあ、俺に任せてもらっても？」

こくりと頷いたソフィアの頭を、ジャスティンはぽんと撫でた。

「来週末の昼過ぎに迎えにくるよ」

「はい」

カップに残っていた紅茶を飲み切ると、ジャスティンはソファーから立ち上がった。

「また来週末、楽しみにしているから」

「ありがとうございます。私も楽しみにしています」

「研究員の仕事も、引き続きよろしくな」

ジャスティンは、部屋の入口まで見送りにきたソフィアに軽くウインクをすると、手を振って去っていった。

ドアを閉めてから、そのままソフィアはへたりと床に座り込む。

「いったい、ジャスティンさんはどういうつもりなのかしら……？」

ジャスティンに想いを気付かれてはいけないと考えた途端に彼が口にした、二人きりで出かけたいという言葉に、ソフィアはまだふわふわとしていた。

どこか楽しそうな様子ながらも、普段通りの口調だった彼を思い出してソフィアが呟く。

「あんな調子だったもの、きっと深い意味はないのよね」

ジャスティンは、人当たりも柔らかく話しやすいのに、どこか掴めない部分があるのだ。

（すべてを兼ね備えているジャスティンさんが、仕事に関係なく私を誘ってくださるとしたら、友人として以外には考えられないもの）

そう思ったら、ソフィアは少しだけ気が楽になった。

それ以上はあまり深く考えないようにしようと思いながら、ソフィアはふらふらとソファーに戻って腰掛けたのだった。

＊＊＊

一方、デニスと共に帰りの馬車に乗り込んだヘンリーは、項垂れて頭を抱えていた。

（まさか、ソフィアに復縁を断られるとは）

頭を下げて復縁を申し出れば、さすがにソフィアも首を縦に振るに違いないと、ヘンリーは甘い考えを抱いていたのだ。

けれど、そんな彼の期待と自信は、あっさりと打ち砕かれたのだった。

（離縁する前は、あんなに僕に甲斐甲斐しく尽くしてくれていたのに。ソフィアがフォークス伯爵家に戻ってくれなかったら、僕はどうしたらいいいんだ……）

溜め息をついて顔を上げたヘンリーの内心を見抜いたかのように、デニスが渋い顔で口を開く。

「仕方ありませんよ、ヘンリー様。あれだけフォークス伯爵家、そしてヘンリー様のために尽力してくださったソフィア様を離縁なさったのは、ほかならぬ貴方様なのですから」

「僕に向かって、その言い方は何だ。口を慎め、デニス」

「失礼いたしました。ですが……」

デニスが冷静な眼差しでヘンリーを見つめる。

「今回はソフィア様に助けを乞いましたが、これ以上は、私にもどうしようもございません。今後のフォークス家の行く末は、ヘンリー様にかかっていると言っても過言ではございませんよ」

「それくらい、僕にもわかっている」

ソフィアをフォークス伯爵家から追い出したうえに、彼女の仕事内容すら満足に理解していなかったヘンリーの尻拭いをしているのがデニスなのだ。苛立っていたヘンリーだったけれど、それ以上デニスに対してきつい物言いはできなかった。

「まさか、ソフィアが魔導書の研究員になっていたなんて」

ヘンリーは、暗い顔でぼそりと言った。

ランズファルト王国でも一握りの才能の持ち主として認められた元妻に、ヘンリーは今になって、逃した魚が想像以上に大きかったことに気付いたのだ。

（しかも、王弟のジャスティン殿下とあんなに懇意にしているなんて……）

悔しそうにヘンリーが唇を噛む。ジャスティンの姿は、以前ソフィアが住んでいた家を訪ねた時にも見かけたことがあった。当時は、彼が王弟だとは思いもしなかったのだ。

しかも、ソフィアは会う度に活き活きと魅力的になっていく。自信を付け始めたソフィアの内側から滲み出る輝きに、ヘンリーは自らの過去の判断を後悔しきりだった。

（ミランダなんかより、ソフィアのほうがずっといい女だったのに、どうして僕は気付かなかったんだ）

さらに、突然現れたジャスティンの姿を認めて、ソフィアの顔が急に華やいだことが、ヘンリーには面白くなかった。

「くそっ」

怒りに任せて、ヘンリーが自らの握り拳で膝を叩く。

「ヘンリー様……」

顔を歪めて暗い瞳をしたヘンリーのことを、デニスは気遣わしげに見つめていた。

第八章　黒髪のルーツ

翌週の研究員の仕事が始まってからも、ソフィアはどこかふわふわとした気持ちでいた。自分の前の机に魔導書を開いていても、ふとした瞬間に、ジャスティンの優しい表情や言葉が頭の中をぐるぐると回る。

（しっかりしなくちゃ、私！）

パンと両手で両頬を叩いたソフィアを見て、トビーとカリンが目を見合わせる。

「どうしたの、ソフィア？」

「まだ体調が戻っていないのかしら、大丈夫……？」

慌ててソフィアが首を横に振る。

「いいえ、お陰様ですっかり身体は元気です！　ちょっと考え事をしてしまって」

「へえ、それはどんな？　悩みでもあるなら聞くよ？」

何の気なしに尋ねたトビーの言葉に、ソフィアの頬には熱が集まる。

「いいえ、その……相談するようなことでもないので」

「そう？　ならいいけど」

ふと思い出したように、カリンが首をかしげる。

「そういえば、先週、誰かソフィアを訪ねてこなかった？」

「えっ、どうしてそれを知っているんですか？」

目を瞬いたソフィアを前に、カリンが続ける。

「応接室って、宿舎の入口に一番近いところにあるじゃない？　たまたま私が宿舎に戻る時に、大きな眼鏡を掛けた、人の良さそうな白髪交じりの男性と、あなたが一緒に応接室に入っていくのを見かけたの」

「そうだったんですね。彼は、私の前の婚家の使用人なんです。私が以前作成した書類について確認したいことがあると、わざわざここまで足を運んでくれました」

「ええっ……？」

話を聞いていたトビーが首を捻る。

「それって、少なくともソフィアの前の旦那が把握しておくべき内容だよね？　わざわざソフィアのところに来るなんて、相当切羽詰まってるんだろうな」

「元夫は外国語は苦手なようで。外国語の書類作成は私が任されていたんです」

カリンの瞳に怒りが滲む。

「うわあ。そんな状況でソフィアを家から追い出すなんて、その元旦那って何を考えてたんだろう……」

「ソフィアが大事な仕事をしてくれているってことすら、ちゃんと理解していなかったんだろうな。こんなこと言うのも何だけど、別れて正解だと思うよ、ソフィア」

その時、ちょうど研究室のドアがノックされ、開いたドアの間からジャスティンが顔を覗かせた。

（私、ジャスティンさんへの気持ちを上手く隠し通せるかしら？）

聡明で察しの良い分、こういう時はジャスティンがどことなく手強く見えてしまう。

「ちょっと皆の時間をもらってもいいかい？」

揃って頷いた三人を前に、ジャスティンが口を開く。

「ここ最近、ランズファルト王国全体で日照りが続いている。特に一部の地方では、例年に比べて極めて雨量が少ない状況だ」

ソフィアは、ジャスティンと馬車で出かけた時に窓から見た光景を思い浮かべていた。

（あのヴィーズという穀倉地帯も、きっと水不足に困っているのでしょうね……）

田畑の一部では、乾いた地面に作物が項垂れていた様子を思い出す。

ジャスティンは真剣な面持ちで続けた。

「水の下位精霊の再召喚は既に成功させて、その力を借りているところだ。だが、今はどうにか凌《しの》いでいるものの、このまま日照りが続けば、農作物への深刻な影響が出てしまう。それを避けるためにも、今は水の高位精霊の召喚に関する研究を優先してほしいんだ。……カリン、君の水の精霊の研究状況はどうだい？」

カリンはジャスティンに歩み寄ると、手にしていた一冊の魔導書を広げた。

「このページに描かれている魔法陣を用いて、水の高位精霊の召喚をするための研究を進めていますが、あと少し、読み解けずにいる部分が残っています」

「ああ、見せてくれ」

魔導書の隣にカリンが広げたノートを、ジャスティンが覗き込む。その様子を、カリンの後ろからトビーとソフィアも見つめていた。

ジャスティンがカリンのノートの記載を目で追いながら頷く。

「あと一歩というところだな」

カリンは振り返ると、ソフィアに向かって口を開いた。

「ねえ、ソフィア。ここの部分、できたらあなたの意見を聞いてもいいかしら？　トビーには先週意見をもらったのだけれど、あなたには今週、体調が治ったら聞きたいと思っていたの」

一歩近付いたソフィアが魔導書を覗き込むと、魔法陣の隣のページの一部が掠《かす》れ、読めなくなっていた。水の精霊の召喚に共通する呪文の後に続く部分だ。僅《わず》かに残る筆跡を読み解いたものが、カリンのノートに書かれている。

「これはかなり古い魔導書で、ソフィアにはあまり馴染みがないかもしれないけれど、何か気付いたことがあったら教えてもらえる？」

ソフィアがカリンのノートを見る限り、魔導書はかなり精緻に読み解かれているようだった。

ただ、途中で意味が繋がらない部分があり、所々で単語が抜けているようにも思われる。カリンの書いたシャルローゼの民の古代文字に、ソフィアは目を走らせた。

（遥かな大地に実りをもたらす、慈しみ深き精霊よ、か。聞き覚えがあるわ……）

昔、フリーダが歌ってくれた子守歌がふっと頭に蘇る。フリーダの温かな腕の中、優しくゆったりとしたテンポで紡がれた曲だ。

『遥かな大地に実りをもたらす　慈しみ深き精霊よ
豊かな恵み　天より与え　我らが糧を与えたまえ
潤う大地に　萌え出ずる緑　やがて金色に穂を垂れる』

シャルローゼの民の古代語で、ソフィアが小声で口ずさむ。カリンとトビー、そしてジャスティンは、目を丸くしてソフィアを見つめた。

「もしかして、ソフィアはこの呪文を知っているの？」

「すらすらと出てきたな」

ソフィアが懐かしそうに微笑む。

「呪文というよりは、子守歌として、曽祖母が昔歌ってくれたのです」

「温かなメロディだと思ったら、子守歌だったのね」

カリンが納得したように頷く。ジャスティンも目を輝かせた。

「これはいけるかもしれないな」

ノートを引き寄せたカリンが、興奮気味にペンを手に取った。

「ねえ、ソフィア。今の歌詞、もう一度教えてもらえる？」

「はい、もちろんです」

ソフィアの言葉を、カリンがノートに書き留めていく。書き終わったノートと魔導書の掠れた呪文を照合して、四人は顔を見合わせた。

「ぴったりね。確実とは言い切れないけれど、合っているような気がするわ」

「そうだね。さすがだな、ソフィアは。……ジャスティン殿下は、どう思われますか？」

ジャスティンが微笑む。

「俺も君たちと同意見だ。召喚が成功するかどうかを迷うより、善は急げだ。早速、ここから比較的近い水不足が深刻な地域――ヴィーズに向かおう。いいかい？」

「「「はい！」」」

三人の声が揃う。ジャスティンを先頭に、三人は研究所の前に止めてある大型の馬車へと向かった。ソフィアがちらりと後ろを振り向くと、ジャスティンから少し離れて控えているマリウスの姿が見える。会釈をしたソフィアに、マリウスはにこっと感じの良い笑みを返した。三人が乗り込んだ馬車の後から、マリウスを乗せた馬車が続く。

馬車の中で、ジャスティンが隣に並ぶソフィアを見つめる。

「まさか、精霊召喚の呪文が子守歌として伝えられていたとはな」

「私も驚きました。曽祖母のフリーダが歌ってくれたあの子守歌が、精霊召喚の呪文だったなんて知りませんでしたから」

すぐ隣にジャスティンがいることを意識するだけで、ソフィアの心臓はどきどきと跳ねた。

ソフィアを眺めて、カリンが楽しそうに笑う。

「私たちのチームにソフィアが入ってくれてから、それまで足踏み状態で読み解けずにいた魔導書が、順調に解明できるようになっているんです」

トビーも笑顔で頷いた。

「ソフィアは間違いなく、僕たちに新しい風を吹き込んでくれていますよ。新鮮な見方が勉強になって、最近は研究の手応えも増してきました」

尊敬する先輩たちの言葉に、ソフィアも恥ずかしそうにしながら、ジャスティンに視線を移した。

「カリンさんもトビーさんも本当に優秀で、いつも私の質問に快く答えてくれますし、丁寧に教えてくれるんです。そのお陰で、魔導書を見た時にぐっとクリアに内容が掴めるようになりました。この研究室に配属になってよかったと、心から思っています」

ジャスティンが嬉しそうに三人を見つめる。

「いいチームだな。魔導書の解読は地道な作業だし、ともすれば個人の仕事に走りがちになるが、そうやって協力しながら進めてもらうのが理想的だ。相性抜群だな」

隣に座るソフィアに向かって、ジャスティンがにっこりと笑う。

「元々ソフィアに期待していたのは確かだが、期待以上に活躍してくれているな。俺も嬉しいよ」

「ありがとうございます、ジャスティン殿下」

自分がジャスティンの役に立てているのだということが、ソフィアには嬉しくて堪らなかった。頬を色付かせながらソフィアが続ける。

「後は、水の高位精霊の召喚に無事に成功するといいんですが……」

「まあ、これればかりはやってみないとわからない部分もあるからな。だが、うまくいくと信じているよ」

ジャスティンが、前の席に座るトビーとカリンに視線を移した。

「君たちは、高位精霊を召喚したことはあるかい？」

二人は残念そうに首を横に振った。

「……では、高位精霊の召喚を見たことは？」

トビーとカリンは目を見合わせると、肩を竦《すく》めた。

「僕は一度もありません」

「私もです。ですから、偉そうなことは言えませんし、これは私のただの勘なのですが……」

カリンの視線が、正面の席に座るソフィアを捉える。

「もし、ソフィアの体調に問題がないなら、水の高位精霊を召喚するのはソフィアがいいと思います」

「えっ、私ですか？」

思いがけないカリンの言葉に、ソフィアが目を丸くする。

「魔導書の、水の高位精霊召喚のページに記載された呪文のほとんどを読み解いてくださったのはカリンさんなのに、私が召喚に挑戦してもいいんですか？」

カリンは頷くと続けた。

「あの呪文の鍵になるのは、ソフィアが教えてくれた部分だと思う。ほかの部分は、解読に時間はかかったけど、難しいわけではなかったわ。それに、あなたにはきっと、精霊に好かれる何かがあると思うの」

トビーもカリンの言葉を継いだ。

「僕もカリンの意見に賛成だな。上手く言えないけれど、ソフィアが召喚を試すのが、成功の可能性が一番高いような気がする。ただ、あくまで体調次第だろうけどね」

「私は、もう身体の具合はすっかり良くなりました。でも……」

ソフィアが戸惑いがちに尋ねる。

「前回の精霊召喚の時に、聞きそびれていたんですが。もし召喚に失敗すると、次の召喚が難しくなるといったことは起きますか？」

精霊召喚に失敗した場合にどうなるのかは、魔導書には記載されていない。ただ、『精霊と時の王国』には、高位精霊召喚の場面で、いったん召喚に失敗してしまうと、精霊が召喚に応じにくくなる場合があると書かれていた。それが真実なのかはわからなかったけれど、まだ研究員になったばかりで日が浅く、未熟な自分が安易に召喚を引き受けることは躊躇われたのだ。

ジャスティンがソフィアに向かって口を開く。

「召喚に失敗した場合については、はっきりとしたことは解明されていないんだ。次の召喚がしづらくなるという話もあるが、明確な根拠はない。そもそも、高位精霊の召喚自体のハードルが高いから、失敗を恐れていては何もできないということもあるしね」

少し不安げなソフィアを、ジャスティンがじっと見つめる。

「結論から言うと、俺もカリンとトビーの意見に賛成だ。ソフィアなら、水の高位精霊を召喚できるかもしれない。君が魔導書を前に取り組む時、俺の目には、まるで息を吸って吐くように、自然に読み解いているように見えるんだ。それに、さっき君は、フリーダさんの子守歌であの呪文を聞いたと言っていただろう？」

「はい。でも、それが何か……？」

「シャルローゼの民は、基本的には口頭で知識を伝承していたと言われている。歌もその一つの方法だと考えていいだろう。子守歌なんて、次の世代に伝えるうえでは最たるものだろうかららね。フリーダさんには……つまり君にも、シャルローゼの民に何らかのルーツがあるのかもしれない」

ソフィアがはっと自分の黒髪に触れる。

（大御祖母様と私の黒髪って、もしかして……）

両親からは、ブルック伯爵家には異民族の血が流れているとしか聞いたことはない。けれど、ジャスティンに指摘されて、フリーダと自分の黒髪と、魔導書の存在が急に近付いたように感じられた。

（今までも、黒髪だというシャルローゼの民にはどこか親しみを覚えていたけれど、本当にそんな繋がりがあるのかしら）

『精霊と時の王国』をフリーダに勧められたこと、そして黒髪のヒロインの存在に励まされたことが、改めてソフィアの頭に蘇る。

「……おや、そろそろ着くようだ」

窓の外を眺めたジャスティンがそう言った時、ちょうど馬車が次第に速度を落とし始めた。

ゆっくりと止まった馬車から、ソフィアはジャスティンの手を借りて降りた。

カリンとトビーも馬車から降り立つ。農村出身のカリンは、辺りを見回すと表情を陰らせた。

「これはまずいわね……」

周囲に広がる田畑は、今も緑色に茂っている部分が大半ではあるものの、よく見ると、乾燥してひび割れた地面に生えた作物は、一部が萎れて黄色や茶色に変色しかかっていた。

頭上を見上げると、雲一つない青空から、じりじりと太陽が熱く照りつけている。

ソフィアの印象も、カリンが呟いた言葉とまったく同じだった。

(このまま日照りが続いたなら、きっと大半の農作物が枯れてしまうわ)

カリンが真剣な眼差しでソフィアを見つめる。

「ソフィア、どうかしら?」

「はい。私にやらせてください」

ソフィアの心の中から、もう迷いは消えていた。

カリンの横では、ジャスティンがトビーから受け取った魔導書を開き、魔法陣のページを広げていた。

ジャスティンが穏やかな笑みをソフィアに向ける。

「ソフィアなら大丈夫だよ」

トビーもジャスティンの言葉に頷く。

「失敗なんて怖がることはないから」

カリンに差し出されたノートを見て、ソフィアがもう一度、基礎の召喚呪文を含めた確認をする。ソフィアはカリンに向かって頷くと、一つ深呼吸をしてから魔法陣に手をかざした。

(精霊による恵みの雨が、この農作物を、そしてランズファルト王国の民を救ってくださいますように。大御祖母様、どうか見守っていてくださいね)

フリーダの顔を思い出すと、ソフィアの肩の力がふっと抜けた。魔導書が作られた時代に人々の暮らしに寄り添い、力を貸してくれた水の高位精霊に思いを馳せる。

意識を集中させて、ソフィアは滑《なめ》らかに精霊召喚の呪文を唱え始めた。

ソフィアが手をかざしている、水の精霊召喚用の魔法陣の星形には六つの角がある。それらを囲む円が、次第に光を放ち始めた。

柔らかな光に手をかざしたまま、ソフィアが澄んだ声でシャルローゼの民の古代語を詠唱する。水の精霊召喚の基礎呪文に続けて、ソフィアが気持ちを込めて唱える。

『遥かな大地に実りをもたらす　慈しみ深き精霊よ

豊かな恵み　天より与え　我らが糧を与えたまえ

潤う大地に　萌え出ずる緑　やがて金色に穂を垂れる』

ソフィアの声の響きに応えるように、魔法陣全体から温かな光が浮かび上がった。光は次第に強くなり、美しい輝きがきらきらと放たれる。

(信じられないような力だわ……!)

魔法陣にかざした掌に圧倒されるようなエネルギーを感じながら、ソフィアは呪文を唱え続けた。少しでも気を抜いたら、自分のほうが呑み込まれてしまいそうな感覚を覚える。

ソフィアの手に痺《しび》れるような衝撃が走った時、魔法陣の中央から、正視できないほどの眩い光が現れた。ソフィア以外の三人が、思わず目を庇うように手をかざす。

呪文を唱え終えたソフィアが魔法陣にかざしていた手をゆっくりと下げると、魔法陣に浮き出た光が次第に大きく膨らみ、その姿を変えていく。

ソフィアは、魔法陣の上に現れた幻想的な光に目を奪われていた。魔法陣の上空に浮かび上がり、しばらく揺蕩《たゆた》いながら、次第に人の形に姿を変えていく。

はじめに感動の呟きを漏らしたのはカリンだった。

「何て綺麗なのかしら」

全身が青色に輝く、長い瑠璃色《るりいろ》の髪をした女神のような水の高位精霊が、上空から四人を見下ろしていた。背丈はソフィアと同じくらいだ。トビーは言葉を失ったまま彼女を見上げ、ジャスティンの口元は綻んだ。ソフィアは、ただうっとりと彼女を見つめていた。

この世のものとは思えないほど美しい姿をした水の高位精霊は、ふわりとソフィアの前の地面に降り立った。驚くソフィアに、彼女が優しい笑みを向ける。

『あなたとあなたの願いに、祝福を。シャルローゼの子孫よ』

ソフィアの目が、みるみるうちに見開かれる。

（水の高位精霊が、私に話しかけてくれた……!?）

歌うように神秘的な声でそう言った水の高位精霊は、ソフィアの肩にそっと手を触れてから上空へと舞い上がった。自然とソフィアも目でその姿を追う。

彼女が手を広げると、青く澄み渡っていた空に、どこからともなく雲が湧き上がってきた。

空を覆った雲が辺りを陰らせ、湿り気のある風が四人の頬を撫でていく。

トビーが空に向けた掌に、大きな雫《しずく》がぽたりと落ちた。

「雨だ……！」

ぽつ、ぽつと、雨粒がトビーの声に続いて続々と落ちてくる。しとしとと雨音が広がり、乾いていた大地が潤っていく。

（奇跡が起きたみたい）

人々に救いの手を差し伸べ、恵みの雨をもたらす水の高位精霊の姿を、ソフィアは息を呑むようにして見つめていた。

駆け寄ってきたカリンが、ソフィアの手をぎゅっと握る。

「ソフィア、あなたのお陰ね」

「これは、カリンさんが魔導書の大半を読み解いてくださったから、で……」

最後まで言葉を続けられず、ふらりと足元をよろけさせたソフィアを、ジャスティンが腕の中に抱き留める。

「よくやったな、ソフィア」

ジャスティンを見上げて、ソフィアが微笑む。身体にはまだ十分に力が入らなかったけれど、水の高位精霊が召喚に応じてくれたことに、震えるほど感激していた。

四人はしばらく、傘も差さずに降ってくる雨に打たれていた。

久し振りの雨に、緑の田畑の合間に点在する家々から、歓声とともに外に飛び出してくる農民たちの姿も見える。

皆、恵みの雨に歓喜しながら空を見上げていた。両腕を天に向かって伸ばす者の姿も見える。

自分が目の当たりにしている光景に、夢を見ているようだと思いながら、ソフィアは雨の中を上空に佇む水の高位精霊を再び見上げた。光り輝く彼女の姿が、雲の下を照らす青い宝石のように見える。

感謝が込められたソフィアの視線に気付いたかのように、水の高位精霊はソフィアに微笑むと、地平線の方に向かって飛び去っていった。

ジャスティンは、腕の中にいるソフィアを見つめた。

「やはり、君は精霊に特別に好かれているのだな。しかも、高位精霊から話しかけられるとは。……俺はこれまで、ほんの数回だけ高位精霊の召喚を目にしたことはあったが、高位精霊が話す姿を見たのは初めてだ」

ソフィアは、ぼんやりとする思考の中でも、ジャスティンの優しい腕と間近に見える彼の顔に、鼓動が速くなるのを感じていた。

（心臓の音が、彼の耳に届いてしまわないかしら）

高鳴る胸を思わず押さえたソフィアに、ジャスティンが続ける。

「あの水の高位精霊は、君に『シャルローゼの子孫』と語りかけていたように聞こえたが、合っているかい？」

「はい。ジャスティンさんのご推察の通り、私にはシャルローゼの民の血が流れているようですね」

神秘的な美しい精霊の声の響きが、まだソフィアの耳に残っているように感じられる。

ソフィアはジャスティンを見上げて微笑んだ。

「まるで寄り添ってくれるような、とても温かな力を……感じる、高位精霊、でした」

「ソフィア、どうしたんだ？」

慌ててソフィアの肩を揺さぶるジャスティンの姿が、彼女の視界で霞む。

「すみません。何だか、急に……眠く、なって……」

激しい眠気に襲われて瞼が重くなったソフィアは、そのまま意識を手放した。かくん、と膝から力が抜けたソフィアを、ジャスティンが両腕に抱き上げる。

トビーは横からソフィアの顔を覗き込んだ。

「気を失ってしまったようですね。……眠っているのかな？」

穏やかな寝息を立てるソフィアを見つめて、カリンも頷く。

「緊張の糸が切れたのでしょうか。堂々としているように見えましたが、高位精霊の召喚には、かなりのプレッシャーを感じていたのかもしれませんね」

「それもあるのかもしれないな。だが……」

ジャスティンが心配そうに続ける。

「ソフィアの初めての精霊召喚の後にも、似たようなことが起きただろう？　召喚する精霊と波長が合う場合、召喚時に精霊が受ける負担を、その身に感じ取ってしまうことがあるようなんだ。非常に珍しいのだが、それが二度も続いたことを考えると……ソフィアは、たまたま呼び出した精霊と波長が合ったというよりは、どんな精霊とも波長が合うのかもしれない」

責任を感じている様子のジャスティンが、腕の中のソフィアを眺める。トビーが思案顔で口を開いた。

「さっき、水の高位精霊が話していた言葉は僕にも聞こえましたが、それはソフィアに流れる血によるものなのでしょうか」

「ああ、きっとそうなのだろう。シャルローゼの民は、『精霊に愛されし民』とも言われているからな」

再びソフィアの顔を覗き込んだカリンが、表情を和らげて呟く。

「初めての精霊召喚の時よりも、顔色は良さそうですね」

「そうだな。だが、あんな高位精霊を召喚したばかりだ。ゆっくり休ませてやりたいものだな」

「私もまったくの同感です」

腕の中にいるソフィアの寝顔を見つめるジャスティンの優しい眼差しに、カリンの口元が綻ぶ。

（ジャスティン殿下にとって、ソフィアは特別なのかもしれないわ）

微笑ましい気持ちになりながら、カリンは二人の姿を眺めていた。すぐ隣で、トビーが感慨深げにソフィアの艶やかな黒髪を見つめる。

「ソフィアの黒髪は、シャルローゼの民の血にルーツがあったのですね。精霊に愛されているソフィアが同じチームだなんて、今後がますます楽しみです」

「ああ。トビーもカリンも、ソフィアをよろしく頼むよ」

「「任せてください」」

声が揃った二人が笑顔になる。ジャスティンも、そんな二人を見て穏やかな笑みを浮かべた。

＊＊＊

その後ソフィアが目を覚ましたのは、すっかり陽が落ちて窓の外が暗くなってからだった。ベッドから上半身を起こしたソフィアが、周囲を見回す。

（ええと、ここは……？）

宿舎の自室のベッドも十分な大きさがあるけれど、ソフィアが寝かされていたベッドはさらにずっと広々としていた。高い天井に吊るされたシャンデリアの柔らかな明かりが、ふんわりと辺りを照らしている。格調の高い調度品で彩られた上品な室内を、ソフィアは戸惑いながら見渡した。

ソフィアの横から、聞き慣れた声が掛かる。

「起きたかい、ソフィア」

はっと声が聞こえた方向を見たソフィアは、まだ寝起きでぼんやりとする頭を抱えながらも、ベッドの脇にいるジャスティンに気付いて安堵の笑みを浮かべた。

「ジャスティンさん。あの、ここはどこですか？」

「俺の私室だよ。宿舎の部屋の鍵を開けるために、眠っている君を起こすのも忍びなくて、俺の部屋まで連れてきたんだ」

「‼」

ソフィアの頬に熱が集まる。

（そういえば……）

精霊召喚の後、眠気に襲われた自分をジャスティンが抱き上げてくれたことが、薄らとソフィアの記憶に残っていた。

彼の腕に抱えられてベッドまで運ばれ、優しく下ろされたことも、彼の温もりが離れてしまうのが寂しく感じられたことも、微かに覚えている。

「すっかりジャスティンさんに甘えてしまって、ごめんなさい」

「謝る必要なんて、どこにもないよ。君の精霊召喚は素晴らしかった」

ジャスティンがにっこりと笑う。

「体調はどうだい？」

「だいぶ眠気が取れて、頭もすっきりしてきました」

「それはよかった」

その時、ジャスティンの後ろからひょっこりとマリウスが顔を覗かせた。ソフィアに向かって、マリウスが丁寧に一礼する。

「お目覚めのようですね、ソフィア様。……ジャスティン殿下、国王陛下がお呼びですので、そろそろよろしいですか？」

マリウスの言葉に、ジャスティンが苦笑する。

「わかった。これから向かうよ」

ソフィアが慌ててジャスティンを見上げる。

「私、もう失礼しますね」

「遠慮する必要はない。君はしばらくここで休んでいってくれ」

「でも……」

「何か必要なものがあれば、マリウスに言ってほしい。マリウス、頼んだぞ」

「承知いたしました」

部屋を出ていくジャスティンの後ろ姿を見送ってから、ソフィアは申し訳なさそうにマリウスを見上げた。

「ご迷惑をお掛けしてしまいすみません、マリウス様」

　マリウスは首を横に振ると、楽しそうな笑みを浮かべた。

「全然、迷惑なんかではありませんよ。……それから、僕のことも気楽に呼んでくださって構いませんから」

「えっ？」

　きょとんとしたソフィアに、マリウスが続ける。

「主人がさん付けで呼ばれているのに、僕が様付けというのも落ち着かないですからね」

「！」

　ソフィアの顔が、恥ずかしさにかあっと染まる。部屋にジャスティンと自分の二人だけしかいないものと思い込んで、ついジャスティンをさん付けで呼んでしまったことに気付いたからだ。

「し、失礼しました。普段は殿下と呼んでいるのですが……」

「はは、知っていますよ。すみません、慌てさせるつもりはなかったんです。ただ、僕には気を使う必要はないとお伝えしたくて」

　親しみやすいマリウスの雰囲気に、ソフィアの緊張も和らぐ。

「どうぞ、私にも気を使わないでソフィアと呼んでくださいね。私のほうこそ、こんな分不相応なところにお邪魔してしまって……」

目を伏せたソフィアを、マリウスは優しい瞳で見つめた。

「では、ソフィアさんと呼ばせてもらいますね。僕がこんなことを言うとジャスティン殿下に叱られてしまうかもしれませんが、殿下がこれほど大切になさっている方を、僕は初めて見ました」

「‼」

何と答えて良いか困惑するソフィアに、マリウスが続ける。

「殿下は、さっき国王陛下からの呼び出しがあった時にも、ソフィアさんが目を覚ますまでは側についていたいと仰って、ずっと隣にいらしたのですよ」

「そうだったんですね……」

ソフィアの胸に、じわじわと甘酸っぱい想いが広がる。マリウスはくすりと笑った。

「この部屋までソフィアさんを運ぶ時も、ソフィアさんを抱きかかえる殿下に、代わりに僕があなたを連れていくことを提案したら、即座に却下されました。きっと、ソフィアさんには指一本触れさせたくなかったのでしょうね」

不思議そうにソフィアが首をかしげる。

「親しい友人として私を扱ってくれているとは思いますが、マリウスさんが私に触れたところで、ジャスティン殿下は何も気にされないのでは？」

「いや、僕はそうは思いません。今も、ソフィアさんのお供に僕を置いていったとはいえ、殿下は早く戻りたくてうずうずなさっていることでしょう。殿下があんなに楽しそうな素のままの表情を見せるのも、ソフィアさんだけだと思いますよ」

彼はしみじみと続けた。

「従者の僕から見ても、殿下は、人が望むものを――地位も名声も美しさも人望も、すべてを兼ね備えていらっしゃると思います。でも、もしかしたら、殿下にはそれが息苦しかったのかもしれません」

「……息苦しい、ですか？」

想像もしていなかった言葉に驚くソフィアに、マリウスは頷いた。

「僕は、殿下の原動力となっているのは、子供のように純粋な好奇心だと思います。でも、殿下の立場上、それだけを追い求めることは許されません。公務をこなしながら、望まぬ相手に笑顔で対応しなければならないこともある。まあ、殿下は苦手な相手から――特に、殿下に群がるご令嬢たちから逃げ出すのは慣れていらっしゃいますがね」

「王弟殿下であるうえに、あれだけ聡明で美しければ、ご令嬢たちに人気があるのもわかります。でも、ジャスティン殿下は女性が苦手なんですか？」

「ええ、基本的には苦手です。きつい香水の匂いを漂わせる令嬢たちと、中身のない会話をするのが一番の苦痛だと仰っていましたよ」

マリウスが微かに苦笑する。

「僕は殿下と過ごしてきた時間が長いので、表情でだいたい本音がわかるんです。自分に擦り寄ってくる女性を見ると逃げ腰になりがちですが、尊敬する才能の持ち主には、男女問わず興味を示されるように見えます。ソフィアさんと話している時の殿下の表情は、純粋に輝いていますよ」

「……そうでしょうか。ジャスティン殿下とは気が合いますが、私は曽祖母からたまたま魔導書の知識を得ていただけで、お褒めに預かるほどの才能があるとは思えません」

「ソフィアさんは謙虚な方ですね。殿下もソフィアさんとなら肩肘張らずに過ごせるのでしょう。まあ、それだけではなさそうですが」

マリウスが悪戯っぽくソフィアにウインクをする。

「僕からの話は、これくらいにしておきましょうか。そうだ、あと一つお伝えしておくと、この週末にソフィアさんと出かけることを、殿下はとても楽しみにしていらっしゃいますよ」

ソフィアの頬がたちまち色付く。

「私も、今から楽しみです」

「邪魔をしないようにと、もう釘を刺されていますからね」

「ふふ、そうなんですか？」

くすっと笑ったソフィアに、マリウスが笑顔で頷く。

「はい、当日は遠巻きに見守らせていただきます。……年を重ねるごとに、仮面のような笑顔を作り慣れていく殿下を見ていて胸が痛かったのですが、ソフィアさんといる時の屈託のない笑顔を見て、僕も余計な力が抜けました」

「お話を聞いていると、ジャスティン殿下がマリウスさんをもう一人の兄のようだと言っていたことが、よくわかります」

マリウスは、単なる従者としてだけではなく、ジャスティンの心に寄り添っていることがソフィアには感じられた。

「ソフィアさんは目覚めたばかりなのに、少し話しすぎてしまいましたね。ゆっくりお休みになってください。僕は隣室に控えていますから、喉が渇いたり空腹を覚えたりしたら、いつでもお声掛けくださいね」

「ありがとうございます」

一礼したマリウスがソフィアの前から辞してから、彼女はぽすんとベッドに背中を倒した。

（ジャスティンさんも、マリウスさんも優しいわ）

マリウスの話を反芻《はんすう》しながら、ソフィアはジャスティンにベッドまで運ばれた時のことを、再び思い返していた。

（あの時……）

頬に熱が集まるのを感じながら、ソフィアが左のこめかみにそっと触れる。

『おやすみ、ソフィア。良い夢を』

ソフィアをベッドに下ろす時、そう囁いたジャスティンが、ごく軽く彼女のこめかみの辺りに口付けたような気がした。

ソフィアが真っ赤な顔でぽつりと呟く。

「あれは、私の夢だったのかしら？」

水の高位精霊の召喚に成功した感動と同時に、全身が脱力感に襲われて、現実と夢との境界が曖昧になっていたようにも思われる。

ソフィアはこめかみに手を当てたまま、ゆっくりと深呼吸をした。身体を横たえているベッドからはジャスティンの香りがして、切ない想いがソフィアの胸に広がる。

（ご褒美みたいな素敵な夢？　でも……）

ジャスティンの優しい声や柔らかな唇の感触は、ソフィアの記憶に残っている。

（もしもあれが現実だったなら、眠そうにしていた私への挨拶代わりよね、きっと）

ぐるぐると回りそうになる思考をいったん止めたソフィアは、こめかみにかかる黒髪を指先で梳いた。

（私に、シャルローゼの民の血が流れていたなんて）

両親から疎まれるきっかけとなった、幼い頃からずっと引け目に感じていた自分の黒髪が、ソフィアは嫌ではなくなっていた。むしろ、自分の身体を流れるシャルローゼの血がフリーダと一緒にここまで導いてくれたように感じられる。

水の高位精霊が快く召喚に応えてくれたこと、そして人々の助けになれたことで、ソフィアの心は満たされていた。トビーとカリン、そしてジャスティンの笑顔も、ソフィアの胸を温めている。

ジャスティンの言葉にもう少し甘えることにしたソフィアは、再びとろとろと眠りの中に落ちていった。

＊＊＊

その翌日、ソフィアは普段通りに研究室に出勤した。

「おはよう、ソフィア。今日も早いわね」

「カリンさん、おはようございます」

研究室に一番乗りしてティーカップを傾けていたソフィアに、カリンが笑いかける。

「昨日は大活躍だったわね。身体は大丈夫？」

「はい。たっぷり眠ったら、すっかり元気になりました。昨日は結局早退させてもらって、すみません」

「何言ってるの、そんなこと気にする必要なんてないわよ。あれだけの召喚をしたのだもの。

顔色も良さそうで、安心したわ」

二人が話していると、研究室のドアが勢いよく開いた。

「あっ、ジャスティン殿下」

「おはようございます」

ソフィアは昨日、その後しばらくジャスティンの部屋で休んでから、戻ってきた彼に送られて自室に帰っていた。

ジャスティンはソフィアとカリンに向かって明るい笑みを向けた。

「朗報だ。ヴィーズだけでなく、ほかに水不足が生じていた地域でも雨が降ったと、各地から連絡が届いている。あの水の高位精霊のお陰だよ」

「よかった……」

ほっと胸を撫で下ろしたソフィアが、カリンと笑い合う。

「ジャスティン殿下、昨日はわざわざ部屋まで運んでもらって、ありがとうございました。すっかり甘えてしまって、すみません」

「あれくらい、お安い御用だ。君の精霊召喚は素晴らしかったよ。体調はどうだい?」

ふと昨日のジャスティンの口付けを思い出してしまい、ソフィアの頬が色付く。

「ぐっすり眠れたので、もう大丈夫です。頭もすっきりしました」

「それはよかった。だが……顔が赤いようだが、熱でもあるのかい?」

ジャスティンが心配そうにソフィアの顔を覗き込む。ソフィアはしどろもどろになりながら、慌てて首を横に振った。

「い、いえ！　熱はありませんから、大丈夫です」

「本当かい？」

ジャスティンがソフィアの額に手を当てる。

「確かに熱はなさそうだな」

ジャスティンがほっとしたように笑う。ソフィアは胸の高鳴りを必死に隠していた。

「君たちに、水不足の解消だけ早く伝えたかったんだ。トビーにもよろしく伝えてくれ」

カリンがにこやかに頷く。

「ありがとうございます、ジャスティン殿下。トビーにも伝えておきますね」

「ああ。今後も期待しているよ」

研究室のドアが閉まると、ソフィアはふっと小さく息を吐いて椅子に腰を下ろした。速くなった心臓の鼓動は、まだ収まる気配がない。

気持ちを静めようと紅茶を傾けたソフィアを、カリンが楽しそうに見つめる。

「ソフィアって、ジャスティン殿下と仲がいいのね」

「⁉」

飲みかけの紅茶がおかしなところに入ってしまい、ごほごほとソフィアが咽《むせ》る。カリンは申し訳なさそうに言った。

「大丈夫、ソフィア？」

「はい」

咳が落ち着いたソフィアが頷く。

「……はじめに私がジャスティン殿下と知り合った時、殿下は身分を伏せていて、私は何も知らずにお友達になったんです。今から思い返すと畏れ多いですが、その感覚が強いからかもしれませんね」

「それは知らなかったわ。でも、ジャスティン殿下がソフィアを見ると嬉しそうなのは、それだけではないような気がするのよね。……ソフィアは、この週末にジャスティン殿下と出かけるの？」

ソフィアの目がみるみるうちに丸く見開かれる。

「どうして、それを⁉」

カリンがくすっと笑う。

「覚えているかはわからないけれど、昨日、ジャスティン殿下がソフィアを腕に抱きかかえて馬車に運ぶ途中に、心配そうに何度かあなたに呼びかけたの。あなたは一度薄く目を開けて、週末楽しみにしていますって、ジャスティン殿下に呟いていたから」

「私、寝ぼけてそんなことを……⁉」

ソフィアの顔が真っ赤に火照る。

「デートに行くのかしら？」

「いいえ！　きっと気楽な友人として誘ってくれたのだと思います」

「ふうん、友人ねえ……」

しばらくソフィアを見つめていたカリンの顔が、ぱっと輝く。

「ソフィアの体調がもう大丈夫なら、今日の仕事が終わった後に、よかったら一緒に出かけない？」

何かを思い付いた様子のカリンに、ソフィアが首をかしげる。

「？　はい、私でよければ」

「ふふ、楽しみにしてるわ」

その時、トビーが研究室に入ってきた。

「おはよう。カリン、ソフィア」

カリンがトビーに笑いかける。

「昨日ソフィアが召喚した水の高位精霊が、水不足のほかの地域にも雨を降らせているんですって」

「やったな、ソフィア！」

大きな笑顔でトビーがソフィアとハイタッチを交わす。

「あれっ、ソフィア、何だか顔が赤くない？　身体はもう大丈夫なの？」

ソフィアが頬を染めている理由を知らないトビーが、気遣わしげに見つめる。

「はいっ、もう大丈夫です！」

焦りながら頷くソフィアを、カリンはにこやかに見つめていた。

第九章　王国の景色

約束の週末を迎えて、ソフィアはそわそわと自室でジャスティンを待っていた。昼過ぎになり、部屋のドアがノックされる音に、急ぎ足でドアを開く。

ジャスティンは、ソフィアの姿を見ると目を丸く見開いた。

「ソフィア……？」

恥ずかしそうにソフィアが俯く。

「あの、おかしいでしょうか？」

「いや、よく似合っている」

ソフィアは、柔らかな光沢のあるベージュのワンピースを身に着けていた。裾の部分には控えめなレースが、腰の部分には上品なリボンがあしらわれている。ソフィアの頬はほんのりと染まっていた。

また、普段はほとんど化粧っ気のないソフィアが、肌に薄く白粉をはたいて唇に紅を引いていることに、ジャスティンは驚きを隠せずにいた。

「カリンさんが勧めてくれたんです」

ソフィアは先日、カリンと一緒に王都にショッピングに出かけていたのだ。ソフィアに似合いそうな服や化粧品を、カリンは楽しそうに見繕ってくれたのだった。

「そうだったのか。可愛いよ、ソフィア」

素朴で楚々とした印象のソフィアだったけれど、元々の顔立ちは整っている。服装と化粧を変えたことで、品の良い色香を纏っていた。

真っ直ぐなジャスティンの瞳に見つめられ、ソフィアがはにかむように笑う。

「ありがとうございます。ジャスティンさんこそ、格好いいですね」

ジャスティンが着ているシャツもスラックスも、そして羽織っているジャケットも、シンプルながらも質の良さが感じられ、美しい彼の姿を引き立たせていた。

「今日はお忍びという理解で合っていますか？」

「その通りだ。馬車は使わずに、これから二人で歩いていくよ。いいかい？」

「はい、もちろんです」

彼と二人並んで出かけることを想像するだけで、ソフィアの胸はうきうきと弾む。

「それにしても……」

ジャスティンが照れたように頭を掻く。

「こんなに可愛い君を人目に晒《さら》してしまうのは、何だか悔しいような気がするな」

「えっ？」

「俺だけが見ていたいくらいだが、そうは言ってもいられないか。さ、行こう」

ジャスティンがソフィアの手を取った。鼓動が高鳴るのを感じながら、温かな彼の手を、ソフィアもそっと握り返す。ジャスティンはソフィアと一緒に、王都の中央の大通りに向かって歩いていった。

「今日が何の日か、ソフィアは覚えているかい？」

「ランズファルト王国の建国記念日ですよね」

「ああ、その通りだ。君を誘ったのは、一緒に建国記念祭に行きたかったからだよ」

にっこりとジャスティンが笑う。ソフィアの頬は自然と染まった。

（こうしてジャスティンさんと二人でお祭りに出かけるなんて、まるでカップルみたいだわ）

大通りには多くの露店が出て、たくさんの人々で賑わっている。家族連れや仲睦まじいカップルも、そこかしこを歩いていた。

「わあ、賑やかですね」

「そうだな。こういうのは好きかい？」

「はい。……懐かしいです。昔、曽祖母にも、祭りで手を引いてもらった記憶があります」

ソフィアの両親は、黒髪の彼女を人目に付く場所に連れていくのを嫌がった。妹のコートニーだけが祭りに向かう中、しょんぼりと留守番をするソフィアを内緒で祭りに連れていってくれたのがフリーダだったのだ。

「では、あの塔に上ったことはあるかい？」

ジャスティンが指差した先には、天に向かって伸びる高い塔が聳えていた。

「いえ、初めてです」

「この塔は年に一度、建国記念祭の時にだけ国民に開放されるんだ。少し長い階段だが、上れそうかい？」

「はい！」

傾斜のきつい螺旋階段だったけれど、ジャスティンと手を繋いでいるだけでソフィアの足取りは軽くなる。塔の先端まで辿り着いた時、ジャスティンがソフィアに塔の窓を指し示した。

「ほら、見えるかい？」

「わあっ……！」

塔の窓から外を覗くと、遥かに広がるランズファルト王国の景色が眼前に見下ろせた。王国の中でも高台に位置する王都からは、王都を囲むように連なる町や村、そして田畑や河川、湖を望むことができる。

（ジャスティンさんは、このランズファルト王国のために重責を果たしているのね）

普段は気さくで、王弟であることをあまり感じさせないジャスティンだったけれど、広い王国を守る重要な役割を担っていることは間違いなかった。

塔の四方にある窓を順番に回りながら、ジャスティンがソフィアに微笑む。

「この景色を君に見せたかったんだ。あの山の手前に見えるのが、君が水の高位精霊を召喚してくれたヴィーズの地域だ」

　青々と広がる穀倉地帯を眺めて、ソフィアが目を細める。

「そうなんですね。ここからは王国の様子がよく見えますね」

「ああ。もうしばらく経つと、稲や麦の穂が色付いて、あの辺りは黄金色に輝くようになる。これもソフィアのお陰だな」

　ソフィアははにかんだ笑みを浮かべた。

「私が魔導書の研究員になれたのも、ジャスティンさんが推薦してくれたからです。王立図書館に通っていただけの私を見いだしてくれて、ありがとうございます」

「君の姿は、王立図書館の中でも不思議と目を惹いたんだ。君と出会えて幸運だったよ」

　ジャスティンと繋いだ手に力が込められたのを感じて、ソフィアの胸は再び高鳴った。照れを隠すように、再びソフィアは窓の外へと視線を移す。

「あら、あの山は……」

　ソフィアは、岩肌が剥き出しになった高い山のところで視線を止めた。山頂からは、薄く白い煙が立ち上っているように見える。

　ジャスティンもソフィアの視線を追った。

「ああ、あれはクラウ火山だ。千年以上前に噴火した活火山だが、最近では落ち着いているな」

「あの、山頂から煙が上っていませんか？」

「……煙？　俺には見えないが」

ソフィアが目を凝らすと、もう煙の姿は見えなくなっていた。

「すみません、私の勘違いだったようです」

「いや、気にすることはない。活火山なのだから、煙が上っていたとしても不思議ではないしな」

しばらく塔の窓から見える景色を楽しんでから、ソフィアはジャスティンと塔を下りた。

「さて、ソフィア。どこから回ろうか？」

大通りも、その脇に伸びる細い路地も、美しい祭りの装飾で彩られ、隙間なく露店が並んでいる。露店には、軽食や飲み物、菓子や果物を扱う店のほか、服飾品に雑貨、アクセサリーの店など、様々な種類の店があった。店頭に立つ者も客たちも、皆明るい表情で祭りを楽しんでいる。

「お店が多くて、目移りしてしまいますね」

「そうだな。何か気になる店があったら教えてくれ」

「はい」

にこやかにソフィアが頷く。

「こうしてお祭りの賑わいの中をただ歩いているだけでも、ジャスティンさんと一緒だと楽しいです」

つい本音が口から零れたソフィアを前に、ジャスティンが片手で顔を覆う。

「あんまり可愛いことを言われると、困ってしまうな。これでも、かなり我慢しているのだが……」

呟くような彼の言葉は雑踏のざわめきにかき消され、ソフィアの耳には届かなかった。

「えっ、今何て？」

「まあ、気にしないでくれ。さ、祭りを楽しもうか」

ソフィアはジャスティンと一緒に、王国定番のチーズを練り込んだパンや、香辛料の効いた炙《あぶ》り肉、砂糖漬けの果物、王国名産の果実酒など、気の赴くままに選んでは分け合って楽しんだ。二人の間には、絶えず笑みが零れる。

そんな幸せそうなソフィアの姿に気付いた人物が、人混みの中にいた。ソフィアの妹のコートニーである。ランズファルト王国では目立つ黒髪のソフィアに気付いたコートニーは、以前よりも垢《あか》抜けた姉が、驚くほどの美貌の青年と並んで歩いていることに、信じられない思いでいた。彼女はソフィアに背を向けるようにして立ち止まる。

（どうして、お姉様があんなお美しい方と？）

呆然とするコートニーの横から、声が掛かる。

「どうしたんだい、コートニー？」

コートニーの隣にいたのは、彼女が婚約したばかりの侯爵令息のディルクだった。裕福な侯爵家の次男である彼は、コートニーに惚れ込み、婿入りすることに首を縦に振ったのだ。

「失礼しました、ディルク様。知り合いがいたように見えたのですが、気のせいだったようです」

姉と一緒にいる青年の飾らない服装を遠目に見る限り、それほど身分が高いようには感じられなかった。うっかり姉と青年に声を掛けることで、ディルクに対する自分の印象を悪くしたくはなかったのだ。

コートニーが、値踏みするように婚約者のディルクを見つめる。中肉中背で色が白く、比較的整った顔立ちをしていて、家柄と資金力が飛び抜けて魅力的な優しい彼に、コートニーはほんの先刻までは満足していた。けれど、ソフィアの隣に並んでいる青年と比べた瞬間、ディルクが色褪せて見えた。

(あの方、お姉様とどんな関係なのかしら？　恋人同士のようにも見えるけれど……)

自分の婚約者のほうが、姉の恋人と思しき青年にも見劣りすることに、コートニーは歯噛みするような思いだった。

(もしそうだとしても、離縁されて実家からも縁を切られたお姉様を選ぶなんて、身分が低いか、あるいは余程の訳ありに違いないわ。身分まで考え合わせたら、ディルク様には遠く及ばないはずだもの)

自分を納得させるようにそう心の中で言い聞かせたコートニーだが、ふと引っかかった。

（ただ、あの方、どこかでお見かけしたことがあるような……？）

どことなく、コートニーには、ソフィアと並ぶ青年に見覚えがあるような気がしたのだ。

（まあ、もう実家にも戻れないお姉様のことなんて、どうでもいいわよね）

心の中で自分にそう言い聞かせたコートニーは、ディルクに腕を絡めるとにっこりと笑顔を作った。

「行きましょうか、ディルク様」

「ああ、そうだな」

最後に一度ソフィアを振り返ったコートニーが、その後方を見て微かに口角を上げる。

（あら、ヘンリー様じゃない。こんなところまでいらしていたなんて）

ヘンリーは未練がましい表情で、ソフィアたちから一定の距離を置きながらじっと彼らを見つめていた。

（お姉様の引っ越し先を知りたいというから教えてあげたけれど、よっぽどお姉様に執着しているのね）

ソフィアの居場所を尋ねて、幾度かブルック伯爵家を訪れたヘンリーに対して、コートニーは散々もったいぶってから、姉の情報を知らせていたのだ。

以前は自分に首ったけだったヘンリーが、なぜか離縁後の姉を追いかけていることに多少不機嫌になったコートニーではあったけれど、姉関連の情報との交換条件に出されたのが、思いのほか贅沢な新作ドレスだったので、機嫌を直していた。

（どうせなら、あんな二人の仲なんてヘンリー様が裂いてしまえばいいのに）

コートニーはふんと鼻を鳴らすと、高い靴音を響かせながら婚約者と立ち去っていった。

＊＊＊

その後、ソフィアとジャスティンはあちこちを歩き回りながら、心行くまで祭りを楽しんでいた。茜色に染まり始めた空を見上げて、ソフィアが満足げに息を吐く。

「ジャスティンさんと過ごしていると、時間が経つのがあっという間で驚きます」

「俺もまったく同じ気持ちだよ」

ジャスティンがにっこりと笑う。立ち並ぶ露店を眺めていたソフィアが、ある店の前で目を留めた。

「何か気になるものでもあったのかい？」

「はい。あの文具のお店に寄ってもいいですか？」

「ああ、もちろん」

ソフィアが興味を惹かれたのは、精霊がモチーフになった銀製の栞だった。大きな翼のある最高位の精霊が、銀色で優美に象られている。上部には紺色のリボンが結ばれていた。

「わあっ、素敵」

文具にしてはかなり贅沢な値段だったけれど、とても美しい造りの栞だった。栞を手に取って口元を綻ばせたソフィアを見て、ジャスティンが店主に告げる。

「この栞を二つ、お願いします」

ジャスティンは、店主から手渡された栞の一つをにっこりとソフィアに手渡した。

「はい、これをソフィアに」

「えっ、いいんですか？」

「もちろん。もう一つは俺が使うよ。これで君とお揃いだな」

くすぐったいような思いで、ソフィアがくすりと笑う。

「ふふ、そうですね。今度、何かお礼をさせてくださいね」

「お礼、か……」

ジャスティンの瞳が悪戯っぽい輝きを帯びる。

「なら、ソフィア。君に頼みたいことがある」

「はい、何でしょうか？」

「君に光の精霊を再召喚してもらった時、あの王宮の大広間で、海外の要人を招いた会議があるという話をしたことを覚えているかい？」

「ええ、覚えています」

「会議はもう来週に迫っているのだが、その日の夜に、海外の要人に加えて王国内の高位貴族たちを招いて、あの大広間で大規模な夜会を開催するんだ」

「あの場所で、夜会が催されるんですね！」

大広間に集う美しく着飾った人々を、自分が再召喚した光の精霊が明るく照らすことを想像するだけで、ソフィアの胸はわくわくと躍った。

「その夜会で、ソフィアに俺の隣に立ってほしいんだ」

「ええっ⁉」

ソフィアの目が、驚きに大きく見開かれる。

「私に、ですか？」

「ああ、君にしか頼めない。……君以外には頼みたくないんだ」

（ジャスティンさんは女性が苦手だから？　それとも、国外から多くの要人がいらっしゃるから、外国語の話せる私はちょうど都合がいいのかしら？）

真剣な色を帯びたジャスティンの瞳に戸惑いながら、ソフィアが口を開く。

「私は、外国語ならある程度話せますし、多少はダンスも踊れますが、残念ながら、社交はまったく心得ていません。私がジャスティンさんの隣にいても、足手纏いになってしまうのではないでしょうか」

「それは俺に任せておいてくれれば問題ない。何より、君に側にいてほしいんだ。返事は今すぐでなくても構わないから、少し考えてもらえないか？」

ソフィアは口を噤むと目を伏せた。そのような公の場にジャスティンが伴う女性となれば、婚約者が一般的だ。ジャスティンには婚約者がいないことをソフィアも知っていたけれど、自分が彼の申し出を受けて良いものかわからなかったのだ。

（彼の隣にいては、出すぎた真似《まね》になってしまうのではないかしら？　でも……）

緊張気味にソフィアを見つめるジャスティンに、ソフィアが微笑む。

「私でいいのなら、承知しました」

「本当かい？」

ジャスティンの顔が輝く。

「ほかでもない、ジャスティンさんの依頼ですから」

「それは光栄だよ。どうもありがとう」

ソフィアの手を、ジャスティンが嬉しそうにぎゅっと握る。

「君が隣にいてくれるなら、俺も夜会を楽しめそうだ」

二人で笑い合ってから、ジャスティンは夕暮れ空を見上げた。

「明日から、また仕事だね。あまり遅くならないうちに戻ろうか」

「はい」

名残惜しく思いつつも、ソフィアが頷く。

「今日はとっても楽しかったです。これで、明日からまた頑張れそうです」

「はは、俺もだよ」

その時、急にぐらりと地面が揺れた。

「!?」

ジャスティンが庇うようにソフィアの身体を抱き寄せる。

通りのあちこちで小さな悲鳴が上がり、露店に並ぶ品物の一部が地面に転がって散らばった。

「……地震、でしょうか？」

「ああ。急な揺れだったな」

驚きと恐怖に、人々の間にざわめきが広がる。けれど、地面は一度揺れただけで、幸いなことにそれほど大きな揺れではなかった。倒れた露店もなければ、怪我人《けがにん》も出ていない様子だ。

しばらくすると、何事もなかったかのように、大通りは明るい賑わいを取り戻した。

「びっくりしましたが、落ち着いたようですね」

「このところ、地震はほとんど起きてはいなかったんだがな。怪我人が出なくてよかった」

ジャスティンの言葉に頷いたソフィアだったけれど、突然の地震にどことなく不安を覚えていた。

（何も起きないと良いのだけれど）

ソフィアはジャスティンに送られて宿舎まで辿り着くと、宿舎の入口でにっこりと彼に笑いかけた。

「送ってくださって、ありがとうございました」

「こちらこそ、楽しい時間をありがとう。またな、ソフィア」

手を振って去っていくジャスティンを見送るソフィアの胸に、甘酸っぱい気持ちが広がる。

ジャスティンの後ろ姿が見えなくなり、宿舎に向かおうとしたソフィアの耳に、聞き覚えのある男性の声が届く。

「ソフィア」

びくりとして辺りを見回したソフィアが、声の主の姿を認めて固まる。

「……ヘンリー様？」

元夫のヘンリーは、両手に大きな花束を抱えて、切なげな表情でソフィアを見つめていた。

「ソフィア、頼むから帰ってきてくれ」

ヘンリーは、手にしていた大きな花束をソフィアに差し出すと、深々とソフィアに頭を下げた。初めて彼に頭を下げられて、困惑気味にソフィアが口を開く。

「顔を上げてください、ヘンリー様」

「君は僕にとっても、フォークス伯爵家にとってもかけがえのない人だ」

以前よりも美しく洗練された印象になったソフィアは、ブルック伯爵家を訪ねた際に会ったコートニーよりも、ヘンリーにはずっと輝いて見えた。

「僕の元に戻ってきてくれたなら、今度こそ君を大切にすると約束するよ」

ソフィアが自分に尽くしてくれていた三年間、彼女を省みることなく手放してしまったことが、今になって心から惜しく感じられる。

「この花束を受け取ってくれないか」

悲しそうな顔で、ソフィアが口を開く。

「申し訳ないですが、受け取れません」

ヘンリーが焦ったように続ける。

「魔導書の研究員を辞めろと言うつもりはない。君がいてくれるだけで、使用人たちの士気も上がるはずだ。フォークス伯爵家の仕事は、できる範囲で手伝ってくれたら構わないから……」

「ヘンリー様」

ソフィアは静かに彼の言葉を遮った。

「もう、すべて終わったことです。この前も伝えましたが、私は貴方様の元に戻る気はありません」

「下手に出てやったのに、黙って聞いていれば……」

俄《にわか》にヘンリーの顔色が変わる。

「ジャスティン王弟殿下とは随分と親しいようだが、いくら君が優秀だとしたって、実家の伯爵家から除籍され、さらに離婚歴のある君が、彼と結ばれることなんてあり得ないんだ。叶わない夢など見ないほうがいい」

元夫から、自分でもわかっていたことを指摘され、ソフィアの胸がずきりと痛む。

瞳を暗く陰らせたヘンリーが、一歩ソフィアに向かって踏み出した。

「僕に手荒な真似をさせないでほしいんだがな」

「……⁉」

ヘンリーはソフィアの細い手首をぐいっと掴むと、力づくで近くに止めてある馬車に向かって引っ張っていった。ヘンリーの手から落ちた花束が、地面に転がる。

「フォークス家に戻ってくれたら、もう、毎晩君を放っておくようなことはしないさ。僕の両親だって、僕と君との間に孫ができれば喜ぶはずだ」

話の通じないヘンリーに、ソフィアの背筋がぞわりと粟立《あわだ》つ。

「やめてください！」

助けを求めてソフィアが辺りを見回す。無理やりに馬車に押し込まれそうになった時、ヘンリーの肩が勢いよく掴まれた。

「ソフィアさんに何をするつもりだ？」

怒り心頭のマリウスによって、たちまちヘンリーの両腕が後ろ手に捩《ねじ》り上げられる。日頃から鍛えているマリウスにとって、ヘンリーなど相手にもならなかった。ヘンリーの口から、腕の痛みに呻《うめ》き声が漏れる。

同時に、ソフィアは温かな腕に抱き留められていた。

「大丈夫か、ソフィア？」

ソフィアが見上げると、普段は温和なジャスティンが見たこともないほど激怒していた。彼は凍り付くような瞳をヘンリーに向けた。

「君のしようとしていたことは誘拐だ。……マリウス、この者を牢へ連行しろ」

「はっ」

ヘンリーがソフィアを振り返って悲痛な叫び声をあげる。

「ソフィア！」

絶望を滲ませながら連行されていくヘンリーを見ても、ソフィアはすぐに声を出すことができなかった。身体ががたがたと震えていることに、今になって気付く。

「怖い思いをさせてすまなかった、ソフィア」

ジャスティンはソフィアを落ち着かせるように、彼女の華奢《きゃしゃ》な身体を抱き締めた。

「俺たちを護衛していたマリウスは、君をつけている元夫に気付いていた。もちろん注意してはいたが、彼の目的がわからず、彼が帰るまでは君たちを遠巻きに見守っていたんだ。……君に手を出してきたからああして捕らえたが、もっと早くに手を打つべきだったな」

ようやく震えが収まってきたソフィアは、青ざめた顔のままジャスティンを見上げた。

「助けてくださって、ありがとうございました。……彼は、この後どうなるのでしょうか？」

「誘拐自体は未遂だったとはいえ、牢屋に入ることにはなるだろう。牢から出ても、君への接近禁止令はつくから、安心してくれ」

しばし口を噤んでから、ソフィアは地面に落ちた花束を見て呟くように言った。

「私は、ヘンリー様が牢に入ることは望みません。前の婚家が衰退する様子も、使用人たちが悲しむ顔も見たくはありませんから」

デニスをはじめとする、世話になった使用人たちの顔がソフィアの頭に浮かぶ。フォークス伯爵家の跡継ぎであるヘンリーが収監されるようなことになれば、フォークス伯爵家にも、その家業にも悪影響が出ることは間違いない。

花束が落ちた弾みで、その周囲には鮮やかな色合いの花弁《はなびら》が散らばっていた。それらを眺めて、ソフィアの眉尻が下がる。

（あれは、ヘンリー様が好きだった花。私の好みとは違っていたけれど、よくフォークス伯爵家の屋敷に飾っていたわ。……私は、自分が好きな花をヘンリー様に伝えることすらできずじまいだったけれど、ヘンリー様は、私があの花を飾っていたことは覚えていてくれたのかしら）

ヘンリーとすれ違った過去に後悔はない。ただ、心が通わなかったとはいえ、ソフィアは、かつて家族だった人への同情にも似た物寂しさを覚えていた。

思案顔でソフィアを見つめてから、ジャスティンが頷く。

「被害を受けた君がそう言うなら、ある程度は考慮されるだろう。……あのようなことをした彼を気遣う必要はないと思うがな」

ジャスティンが再び労るようにソフィアを抱き締める。

『叶わない夢など見ないほうがいい』

ヘンリーの言葉が、ソフィアの頭を掠めていく。ジャスティンの鼓動を感じながら、ソフィアは彼を抱き締め返すこともできずに、ただその腕に身を預けていた。

＊＊＊

週明けの研究所で、朝早く来ていたソフィアに向かって、カリンは開口一番尋ねた。

「ソフィア、殿下とお祭りを楽しめた？」

「はい。色々とありがとうございました、カリンさん」

ソフィアが恥ずかしそうに頬を染める。カリンは朗らかに笑った。

「やっぱり。昨日の日付を指定して誘われたってことは、絶対に建国記念祭だと思ったの。デートは楽しかった？」

「デートだなんて、そんな！　殿下は、あくまで友人として誘ってくれたのですから」

（ジャスティンさんから、デートに行こうなんて誘われたわけではないもの）

ソフィアは彼から直接的な愛の言葉を聞いたわけではないし、それを期待するような大それた気持ちも持ち合わせてはいない。

ただ、ジャスティンとお揃いの栞は、魔導書の間に早速挟んでいる。目に入る度に、二人で過ごした楽しい時間を思い出し、秘めた恋心が切なく疼く。

（ジャスティンさんには、夜会で隣に並んでほしいとは言われたけれど……婚約者をつくりたくなさそうな彼の、女避《おんなよ》けの役目ではないかしら）

瞳に楽しそうな色を浮かべるカリンに、ソフィアは気を取り直して尋ねた。

「ところで、昨日の地震、結構大きかったですね」

「そうよね。最近は地震なんてなかったから、驚いたわ。余震がないといいけれど。……ソフィアは、地震についての資料を調べているの？」

「はい。何となく気になって、過去にランズファルト王国で地震が起きた時のことを調べていました」

「なるほどね。それで、歴史書をそんなに開いていたのね」

カリンがソフィアの手元に開かれている数冊の歴史書に視線を移した。それぞれ、地震に関する記述のページが開かれている。魔導書の研究員は、申請すれば王立図書館からの本の貸出しが認められるため、ソフィアは朝一番に歴史書を何冊か見繕って借りてきたのだ。

活火山のあるランズファルト王国では、ごく小規模な地震が起きることはさほど珍しくない。

ただ、今までを振り返ってみると、昨日のような地震はそう頻繁に起きてはいない。

「過去にかなり大規模な地震があったのは、千年くらい前だったかしら？　確か、その時に火山の噴火も起きたのよね」

カリンを見つめるソフィアの眼差しが真剣になる。

「地震よりも、噴火の被害が深刻だったと歴史書には記されていますね」

「そうね。地震は噴火の予兆だったみたいね」

その時、ちょうどトビーも研究室に入ってきた。

「おはよう。どうしたんだい、二人ともそんなに真面目な顔をして？」

「昨日、わりと大きな地震があったでしょう？　ソフィアが気になると言って、歴史書を調べていたの」

「ああ、あの地震には僕も驚いたよ」

トビーが顔を顰める。

「僕は年の離れた妹を連れて建国記念祭に出かけていたんだが、急な揺れで露店から商品が崩れ落ちてきて、相当怖がっていたな」

ソフィアは立ち上がって研究室の窓に近付くと、窓の外に遠く映る火山を眺めた。

「気のせいかもしれませんが、昨日、あの火山の山頂に白い煙が立ち上っているように見えたんです」

トビーとカリンが顔を見合わせる。

「もしもそうなら、遠からず報告が上がってくるだろうな」

「そうね、活火山の状況は監視しているはずだから。……ソフィアは、噴火の可能性を懸念しているの？」

「はい。可能性は高くはないのかもしれませんが、何だか落ち着かなくて」

トビーが腕組みをする。

「可能性がないとは言い切れないしな。虫の知らせってやつかもしれないし」

カリンも眉を寄せた。

「もしあの火山が噴火したなら、大惨事になるわ」

歴史書をソフィアが読んだ限り、噴火による火砕流を水の精霊が冷やしても、火砕流を食い止めるために土の精霊が地形を変化させても、その鎮静化までにはしばらく時間がかかったようだ。周囲の街や村に甚大な被害が出ただけでなく、火山から立ち上った煙は王都の上空までも覆い、風の精霊の力を借りて火山灰を除去するにも苦労したらしい。

ソフィアはトビーとカリンを見つめた。

「トビーさんとカリンさんは、時の精霊について何かご存じですか？」

「いや。残念だが、僕はほとんど知らないな。そういえば、『精霊と時の王国』には似たような状況が出てきたね」

「そうね。『精霊と時の王国』では、時の精霊が噴火の時を止めて事なきを得ていたけれど、現実的には、時の精霊については解明されていない部分だらけだものね。あまり情報も残ってはいないし、この研究所でも、時の精霊を専門に研究しているチームはないはずよ」

「そうでしたか……」

『精霊と時の王国』に出てきたその場面が史実に即しているのかどうか、ソフィアにはわからなかった。

「時の精霊は最も静的で、ほとんど目には見えないとも言われているしね。本当に今もいるのかしら」

「さあ。時の精霊の召喚については、僕も『精霊と時の王国』で読んだことくらいしかないし、あれが完全な作り話なのか、真実が混じっているのかもわからないな」

カリンとトビーの言葉を聞いて、ソフィアは自分の席に戻ると、フリーダの形見の魔導書を鞄から取り出した。

「これは、私の曽祖母の形見の魔導書です。時の精霊の召喚呪文も載っているのですが、時の精霊の召喚についてのページだけ、少し変わっているんです」

「へえ！　ちょっと見せてもらってもいいかい？」

トビーが目を輝かせる。ソフィアが指し示した時の精霊召喚に関するページを、彼は不思議そうに眺めた。

「本当だね。時の精霊について書かれた魔導書は初めて見たけれど、時の精霊を召喚するための魔法陣は載っていないんだね」

カリンも二人の横から魔導書を覗き込む。

「それに、精霊召喚の基礎呪文も書かれていないわ。ほかの精霊は、種類ごとに共通する基礎呪文があるのに……謎が多いわね」

トビーは思案顔で口を開いた。

「喫緊だった水の高位精霊の召喚にも成功したことだし、ちょうど切りがいい。もしソフィアが時の精霊について研究したければ、ジャスティン殿下に相談してみたらどうかな？」

「それはいい考えね、私も賛成よ。何かわかったら教えてほしいわ。今はこの研究室で、ほかに特に急ぎの仕事はないから大丈夫よ」

先輩たちの言葉に、ソフィアは微笑んだ。

「ありがとうございます、ジャスティン殿下に相談してみます」

ソフィアは濃紺の魔導書を閉じて小脇に抱えると、その足で所長室へと向かった。

所長室のドアをノックしたソフィアは、部屋の中から返ってきたジャスティンの声に静かにドアを開いた。

「おはようございます」

所長室に控えていたマリウスにも頭を下げる。

ソフィアが所長室で仕事中のジャスティンの姿を見るのは初めてだった。仕事に向き合う彼の真剣な表情に、とくんとソフィアの胸が高鳴る。

（仕事をしている姿も格好いいわ、ジャスティンさん）

彼女の姿を認めて、ジャスティンの表情は一気に柔らかくなった。

「おはよう、ソフィア」

「昨日はありがとうございました」

「いや、俺のほうこそ楽しかったよ。……もう大丈夫かい？」

ジャスティンの言葉が元夫のことを指していると気付いて、ソフィアが頷く。

「はい。昨日も助けてもらって感謝しています。……ところで、ジャスティンさんに相談したいことがあって来たのですが、少しお時間をいただけますか？」

「ああ、もちろん」

勧められるままに、ソフィアはジャスティンの机の前の椅子に腰掛けた。

「できれば、私にしばらく時の精霊の研究をさせていただけませんか？　トビーさんとカリンさんにも同意を得ています」

ジャスティンがじっとソフィアを見つめる。

「もしかしたら、昨日の地震がきっかけかい？」

「どうして、それを？」

察しの良いジャスティンに、ソフィアが目を丸くする。

「君が表情を陰らせていたことと、フリーダさんの形見の魔導書を抱えていることを考え合わせると、昨日の地震を、火山の噴火の兆候だと疑ったのではないかと思ってね。もし火山が噴火した場合、時の精霊の力が最も必要になるだろうから」

「さすがジャスティンさん、よくわかりましたね！」

「まあ、俺も同じことを不安に感じていたからな。ソフィアは昨日、活火山の山頂から煙が見えたような気がすると言っていただろう？　君の言葉が気になって、帰ってから過去の文献を調べてみたんだ。あの活火山は、概ね千年周期で噴火している」

ソフィアがはっと息を呑む。

「では……」

「あの活火山が遠からず噴火するとしても、おかしくはないといったところだ。ここ最近までそんな兆候は見られなかったし、今回も同一の周期で噴火するとは限らないから、数十年から数百年程度ずれ込む可能性もあるが、君の懸念は理にかなっている。その魔導書をもう一度見せてもらってもいいかい？」

ソフィアが抱えていた魔導書を差し出すと、ジャスティンは時の精霊召喚の方法が記されているページを開いた。魔法陣も精霊召喚の基礎呪文もなく、各々の時の精霊の召喚呪文と思しき呪文のみが記載されている、謎めいたページだ。

「君からその魔導書を借りた時、最も興味深かったのがそのページだ。これは俺の推測に過ぎないが、何らかの理由があって、あえて魔法陣や基礎呪文に関する情報を魔導書に残さなかった可能性があるのかもしれないな」

ソフィアは思案顔で魔導書に視線を落とした。

「私がまだずっと幼かった頃、曽祖母から、時の精霊は特別だと聞いたような気がするのです。どのように特別なのかは、結局わからずじまいになってしまいましたが。それから……」

魔導書を指先でなぞりながら、ソフィアが首をかしげる。

「私の勘違いかもしれませんが、曽祖母の隣で、時の精霊の魔法陣はとりわけ綺麗だと思った記憶が薄らと残っているんです。既に父に処分されてしまった魔導書の中に、時の精霊召喚用の魔法陣が描かれたものも含まれていたのか、それとも私の単なる記憶違いなのか、今となっては確認する術《すべ》もありませんが」

「そうか。……俺の知る限りでも、時の精霊の召喚に関する情報がほとんど残っていないせいか、専門の研究者もいなければ、召喚に成功したという話を聞いたこともないんだ。だが、君が時の精霊の研究をすること自体は、もちろん問題ない。何か手助けが必要なことがあれば、遠慮なく相談してくれ」

「ありがとうございます」

ほっとしてソフィアが微笑む。ジャスティンもにっこりと笑った。

「そうだ。ソフィア、よかったら、今日は俺とランチに行かないか？」

「はい、ぜひ！」

ソフィアの顔もぱっと輝く。

「ああ。久し振りに、あのカフェにでも一緒に行こうか」

「いいですね、楽しみです」

「じゃあ、研究所の前で待ち合わせでもいいかい？」

「はい。では、また後ほど」

魔導書を抱えたソフィアは嬉しそうに頷くと、ジャスティンに背を向け、マリウスに一礼して所長室を出ていった。

マリウスが、ソフィアの出ていったドアからジャスティンに視線を移す。

「……殿下は、ソフィアさんの前では明らかに表情が変わりますね」

「はは、そうかもしれないな」

素直に認めたジャスティンが、楽しそうに笑う。

ジャスティンとソフィアはその後、間近に迫った夜会についても軽く打ち合わせをしながら、ゆったりとランチの時間を楽しんだ。特に誰にも気付かれないまま、カフェで一際親しげに話す主人とソフィアを、マリウスは少し離れた場所から温かな眼差しで見守っていた。

第十章　華やかな夜会

ソフィアが時の精霊の研究に取り組み始めてから間もなく、ジャスティンと約束した夜会の日がやってきた。

ソフィアの研究は思うようには進まないままだ。

（……時の精霊の召喚に関する情報が少なすぎるわ）

夜会前に王宮の控えの間に呼ばれていたソフィアは、その直前まで時の精霊についての記載のある魔導書とにらめっこをしていた。ジャスティンから関連する魔導書を数冊紹介してもらったものの、彼からも聞いていた通り、時の精霊の召喚についての情報は十分に残されてはいない。

結局、最も多くの時の精霊の召喚呪文が載っているのは、フリーダの形見の魔導書だった。既に、その内容はソフィアの頭にしっかりと入っている。

彼女は、もう幾度も読み返している最高位の時の精霊の召喚呪文を再び眺めた。ほかの種類の精霊の召喚呪文と比べても、比較的短く簡潔なものだ。

『悠久の時を越え　数多の生を見守りし大精霊よ
　類い稀なる不変の力　再び我らに授け賜え

永遠《とわ》に続く平安は　汝《なんじ》の恵みへの感謝とともに』

小声で口に出してみると、古代シャルローゼ語の言葉のテンポは耳に心地良かったけれど、ソフィアは音もなく溜め息をついた。

（さっぱり糸口が掴めないわ）

魔法陣がないのにどうやって時の精霊を召喚するのかもわからなければ、薄らと彼女の記憶に残っている、美しい時の精霊の魔法陣をどこで見たのかも思い出せない。召喚のための基礎呪文が記載されていない理由も不明なままだった。

時の精霊についてフリーダに尋ねた時の会話を、ソフィアは遠い記憶の底から引き出そうとしていた。

「時の精霊は特別、か……」

ほかの精霊たちと比べて、時の精霊はどう特別なのだろうとソフィアは首を捻った。そもそも時の精霊に限らず、精霊という存在自体が特別なものだからだ。

「時を越える、不変の力。再び、永遠に……」

呪文の気になる部分を、ソフィアが再びぽつぽつと唱える。何かわかりそうな気がしても、ひらめく直前に掌から零れて逃げていってしまうような、そんな感覚がある。

時の精霊召喚に用いる魔法陣が、最も読み慣れた魔導書に描かれていないことと、その魔法陣を美しいと感じた幼い日の朧《おぼろ》げな記憶との矛盾も、ソフィアをむずむずさせていた。

（火山が噴火しなければ、そもそも問題にならないとは思うけれど）

その後も、建国記念祭の日に起きた地震ほど大きくはないものの、小規模な揺れが数回続いている。それが噴火に直結するわけではないとわかってはいながらも、なぜかソフィアには胸騒ぎがした。

「魔法陣の性質が違うのかしら……？　時の精霊は、自由に時間を越えられる。時が経っても変わらぬ力を維持できるから、精霊界から再召喚するという概念に馴染まないのかもしれないわ」

独り言のように呟いたソフィアの耳に、不思議な声が聞こえた。

『その通りよ』

「!?」

はっとソフィアが辺りを見回す。これまでに聞いたことのない、透き通った響きを持つ声だった。

ソフィアがカリンに尋ねる。

「カリンさん、今、私に話しかけましたか？」

不思議そうにカリンが首を横に振る。

「ううん、何も」

「そうですよね。失礼しました」

（さっきの声、気のせいだったのかしら？　……もうそろそろ行かなくちゃ）

　約束の時間が迫り気持ちを切り替えたソフィアは、魔導書を閉じると自席から立ち上がってトビーとカリンに頭を下げた。

「すみませんが、今日はお先に失礼します」

　トビーもカリンも、ジャスティンから夜会でソフィアの手を借りると事前に聞いていた。二人とも、目に楽しげな色を浮かべてソフィアを見つめる。

「殿下のサポート、頑張って」

「せっかくだから楽しんできてほしいわ。また後で様子を聞かせてね」

「はい！」

　研究所を出て王宮に向かう途中、ソフィアはジャスティンに共有してもらった出席者のリストを頭の中で反芻していた。諸外国の要人や国内の主な高位貴族たちの名前は、一通り頭に入っている。

　リストの中には、彼女のよく知った名前も交ざっていた。

（今夜はコートニーも来るなんて。侯爵令息と婚約していたのね）

　侯爵家の子息の婚約者としての立場で、コートニーも今夜の夜会の参加者に名を連ねていたのだ。実家では妹に見下されてきたソフィアではあったけれど、妹が切望していた通りに高位貴族との婚約を果たしたことを感慨深く思っていた。

（あの子は、自分がほしいものは手に入れる子なんだわ）

王宮に着いたソフィアは、彼女を待っていた案内の者に連れられて控えの間へと辿り着いた。

そこに用意されていた青紫色のドレスを見て、ソフィアが思わず息を呑む。

（何て綺麗なドレスなのかしら……）

ソフィアの表情を見て、控えていた使用人の女性が穏やかに笑う。

「ジャスティン殿下がソフィア様にとご用意なさったドレスです。これから、ソフィア様のご準備のお手伝いをさせていただきますね」

緊張の面持ちでいるソフィアを、彼女は手際良くドレスに着替えさせると、丁寧な手付きで化粧を施していった。ソフィアの滑らかな黒髪も、丁寧に結い上げられる。

（わあっ……）

鏡の中に映る自分がみるみるうちに変身していく様子を、ソフィアは驚きとともに眺めていた。化粧も、慣れた使用人の手にかかるとまるで自分が別人のように見える。普段は魔導書の研究にばかり勤しんでいるソフィアだったけれど、鏡の奥にはすっかり貴族令嬢らしくなった自分の姿があった。

「ソフィア様、とてもお美しいですよ」

使用人の女性の言葉に、ソフィアもはにかみながら笑みを返す。

「ありがとうございます」

シルクの光沢が美しい青紫色のドレスは、ほっそりとしたソフィアの腰のラインを引き立て、上品に女性らしく彩っていた。彼女の瞳の色合いともぴったりと合っている。

その時、控えの間のドアがノックされた。返事をしたソフィアの目に、正装をしたジャスティンの姿が映る。

「ジャスティン殿下」

どんな姿のジャスティンでもソフィアには格好良く見えるけれど、今夜の正装姿はいつにも増して輝いて見えた。うっとりと頬を染めたソフィアを、ジャスティンが愛おしげに見つめる。

「今夜はありがとう、ソフィア」

ジャスティンはソフィアに近付いて微笑みかけた。

「綺麗だよ。天使が舞い降りたのかと思った」

「褒めすぎです、ジャスティン殿下。……こんなに美しいドレスを、どうもありがとうございます」

「君によく似合っているよ。さあ、最後の仕上げだ」

彼は手にした小箱を開けると、ソフィアの耳に優しく触れた。

「あの、これは……？」

眩いサファイアをダイヤで取り囲んだ白金のイヤリングが、ソフィアの左右の耳元できらきらと揺れている。

「君へのプレゼントだ。もう一つ、君にこれを」

イヤリングと揃いのデザインの、大粒のサファイアをダイヤが彩るネックレスを、ジャスティンがソフィアの首元に着ける。

ソフィアはほうっと感嘆の溜め息をつくと、そっと首元のネックレスに触れた。

「とっても素敵ですね……！　このネックレスも、イヤリングも」

仄かに紫がかったサファイアとその周囲のダイヤが、ソフィアが動く度に光を弾く。ジャスティンも、美しいジュエリーに彩られた彼女を満足げに見つめていた。

「……でも、こんなに高価なもの、さすがにいただけません」

ジャスティンが軽くウインクをする。

「俺の気持ちだと思って受け取ってくれ。……さ、そろそろ行こうか」

ソフィアに反論する暇を与えずに、ジャスティンは彼女の腕を取った。見惚れるような姿のジャスティンの隣に並び、ソフィアの胸が大きく高鳴る。

「君が召喚してくれた光の精霊の下で、さっきは会議の進行も上々だったよ」

「そうでしたか、それは何よりです」

どこかふわふわとした気持ちで、ソフィアは彼と話しながら廊下を進んでいった。

大広間では、ソフィアが召喚した光の精霊が明るい光を放つシャンデリアの下で、華やかに着飾った人々がそこかしこで談笑していた。

大広間に足を踏み入れたジャスティンとソフィアが、各国から集っている要人たちに挨拶をして回る。ジャスティンとソフィアが共に流暢な外国語を使いこなすこともあり、外国からの来訪者の表情が和らぐ。

さらに、ソフィアがジャスティンから事前に聞いていた出席者の情報を完璧に諳んじていたことも手伝って、自然と会話が弾んだ。

主だった人物に挨拶をしてから、ジャスティンはソフィアの耳元に囁いた。

「やっぱり、君に来てもらったのは大正解だったよ」

「ふふ、そう言ってもらえて安心しました」

ほっとソフィアが胸を撫で下ろす。このように大規模で重要な夜会に初めて参加するソフィアは、内心ではかなり緊張していたのだ。

「君に紹介したい人がいるのだが、いいかい？」

「はい」

いつもの調子でさらりとそう言ったジャスティンに連れていかれた先で、ソフィアは思わず固まった。目の前にいた人物が、ランズファルト王国の国王と王妃だったからだ。

「兄上、義姉上。こちらがソフィア・ブルック嬢です」

「はじめまして、国王陛下、王妃殿下」

微かに足が震えたものの、しっかりと通る声で挨拶をしたソフィアは、二人の前で優雅にカーテシーをした。国王が興味深そうに瞳を輝かせてソフィアを見つめる。

「はじめまして。ソフィア嬢の話は、ジャスティンから聞いているよ。これまでに会ったことのない素晴らしい才女だと、弟は君のことを褒めちぎっていたよ」

「……！　畏れ多いお言葉でございます」

ソフィアがちらりとジャスティンを見上げると、彼は楽しげな笑みを浮かべていた。国王が言葉を続ける。

「さっき、君たちが諸外国から訪れた要人たちと話している様子を、遠目に見ていたんだ。皆、いい表情で会話を楽しんでいたね」

「ソフィアは聡明なので、外国語も流暢なら、知識の引き出しも豊富ですからね」

「はは。ジャスティンがそんな顔をして女性を賞賛するのは、ソフィア嬢が初めてだな」

かあっと頬を染めたソフィアと、その隣に並ぶジャスティンを、国王夫妻は温かな眼差しで見つめた。王妃が微笑んで口を開く。

「今度お茶会にお誘いしてもいいかしら？　またゆっくりお話ししましょう」

「はい、喜んで。楽しみにしております」

和やかに国王夫妻と会話するソフィアを、目を丸くして眺めていた者がいた。ソフィアの妹ていたのは、国王陛下と王妃殿下と親しげに談笑していたのコートニーである。

（えっ、あれはお姉様？　どうしてここに？　……国王陛下と王妃殿下と親しげに談笑しているなんて、どういうことなの？）

改めて姉の隣に並ぶ青年を見たコートニーの顔が、嫉妬に歪む。

「あの方、見覚えがあると思ったら、まさか王弟殿下だったなんて……！」

ジャスティンが誰なのかにようやく気付いて、ぼそりとそう呟いたコートニーを、横で腕を組むディルクが怪訝な顔で見つめる。

「何か言ったかい、コートニー？」

「……いえ、何でもありませんわ」

曖昧な笑いを浮かべたコートニーは、姉に視線を戻してから、婚約者と組んでいないほうの手を悔しそうにきゅっと握った。

国王夫妻との会話を終えた後も、多数の来客たちと挨拶を交わしていたジャスティンとソフィアの背後から、高い声が掛かった。

「お姉様」

聞き慣れた声に、ソフィアがはっと後ろを振り向く。そこには、贅を凝らした薔薇色《ばらいろ》のドレスを纏ったコートニーの姿があった。

「コートニー！　婚約おめで……」

ジャスティンに視線を移したコートニーは、彼女の婚約を祝福しようと口を開きかけた姉の言葉を遮った。

「姉がお世話になっております、ジャスティン王弟殿下」

コートニーの隣で腕を組む侯爵令息のディルクも、王弟と並んでいるのが彼女の姉だと知って、慌てて一礼をする。ちらりと彼を見たコートニーは、つまらなそうに口角を下げた。

（ジャスティン王弟殿下は、間近で見るとこれほどにお美しいのね。殿下と比べると、ディルク様はまるで白豚のように見えるわ）

長身で引き締まった体躯をしたジャスティンとは対照的な、中肉中背で色白の婚約者を眺めると、コートニーは吐きかけた溜め息を呑み込んだ。代わりに、色気の漂う笑みをジャスティンに向ける。

「ジャスティン殿下。姉のことで、お伝えしておきたいことがあるのです」

妹がジャスティンに向ける熱っぽい瞳と演技がかった口調に、嫌な予感がソフィアを襲う。

「姉の元夫が、姉とよりを戻そうと必死ですの。姉が一度離縁しているということを、ジャスティン殿下はご存じでしょうか」

ことさらに離縁という言葉に力を入れた妹を前にして、ソフィアの表情が陰る。コートニーの婚約者のディルクは、急に剣呑《けんのん》な空気が漂いだしたことに焦っていた。

「コートニー、いきなり何を言いだすんだ……！」

「貴方様は黙っていてくださいませ」

コートニーはディルクを制すと、上目遣いにジャスティンを見上げた。

「離婚歴のある、しかも実家からも籍を抜かれているお姉様が、殿下に相応しいとはとても思えませんわ。殿下は、お姉様に騙されているのではないでしょうか」

黙ったジャスティンの耳元に、婚約者から腕を放したコートニーが口を寄せる。

「ここではなくて、別の場所でもっと詳しいお話もできますわ」

ジャスティンがコートニーに尋ねる。

「……ソフィアの元夫のことを、君は知っているのかい？」

コートニーは微笑みながら頷いた。

「ええ。元々、彼が私を気に入ったために縁談をいただいたのですが、私がお断りしたので、代わりにお姉様が嫁いだのです」

姉ではなく自分のほうが望まれたのだということを、コートニーはさりげなく強調した。

「離縁後も、彼とお姉様が上手く復縁できるようにと私は彼のお手伝いをしていたのですが、お姉様がどうにも強情で……」

「では、ソフィアの居場所を彼に教えたのも、復縁を彼に促したのも君なのかい？」

「お姉様の居場所は教えましたけれど、私は、復縁したいという彼を応援しただけですわ。

せっかく政略結婚で家同士の結び付きができたというのに、お姉様の我儘のせいで綻んでしまっては迷惑ですもの」

ソフィアは一つ溜め息をつくと、コートニーを真っ直ぐに見つめた。

「離縁は、私ではなくヘンリー様から望まれたことよ。それに、私には復縁の意思なんて少しもないの」

コートニーは甘えるようにジャスティンの腕に縋《すが》ると、実家にいる時とつい同じような調子で苛立ってソフィアを睨み付けた。

「お姉様は黙っていてください。お姉様なんかがジャスティン殿下の隣に並ぶなんて、身の程知らずもいいところだわ」

ジャスティンが即座にコートニーの腕を振り払う。

「黙るべきは君のほうだな」

凍り付くようなジャスティンの声に、コートニーの顔がさあっと青ざめる。

「いくらソフィアの妹だからといって、俺はソフィアに害をなす者と関わる気は微塵《みじん》もない。それに、ソフィアのことは既に彼女本人から聞いている。だが、過去に何があったとしても、俺はソフィアだから隣にいてほしいと思っている、ただそれだけだ」

（ジャスティンさんが、そんな風に考えていてくださったなんて）

想像もしていなかったジャスティンの言葉に、ソフィアの目に涙が滲んだ。ソフィアをそっと抱き寄せたジャスティンが続ける。

「ソフィアはつい先日、元夫に誘拐されかけたんだ。彼は拘束から解かれたばかりだが、再び彼をそそのかすようなことがあれば、君の責任も問わねばならなくなるだろうな」

「……！」

射るようなジャスティンの視線を受けて、動揺したコートニーがディルクに隠れるように一歩後退《あとずさ》る。ディルクは小さく息を吐くと、振り返ってコートニーに冷ややかな目を向けた。

「君はもう帰ったほうがいい」

「えっ⁉　どうして……？」

「ジャスティン殿下にも、君自身の姉上に対しても、これほど失礼なふるまいをするなんて。君は、この夜会の場に相応しくない」

コートニーが実の姉を貶めて、さらに王弟に色目を使おうとしている様子を目の前で見て、彼は呆《あき》れ返っていたのだ。

「そ、そんな……」

混乱するコートニーに、ディルクは淡々と言った。

「帰りの馬車はすぐ用意させる。君との婚約は考え直させてもらうよ」

「待ってください！」

これまで自分に惚れ込んでいると信じていた婚約者に見放され、コートニーは動転していた。

申し訳なさそうにジャスティンとソフィアに頭を下げた彼は、組るコートニーを引きずるようにして大広間を出ていった。


大広間のドアを潜《くぐ》った妹の背中を見届けると、ソフィアはジャスティンに頭を下げた。

「妹がご迷惑をお掛けして、申し訳ありませんでした」

「いや。……君こそ、今まで苦労してきたんだな」

以前ソフィアに聞いた話から、実家との距離感は薄らと把握していたジャスティンだったけれど、偉そうな妹の態度に、ジャスティンにはソフィアが実家で耐え忍んできた日々が透けて見えるような気がした。

ソフィアの心情を慮《おもんぱか》るジャスティンの温かさに、彼女の目頭が再びじんと熱くなる。ジャスティンは、ソフィアの目に滲みかけていた涙を指先でそっと拭った。

「俺はいつだって君の味方だから」

「ありがとうございます。さっきのジャスティン殿下の言葉にも、救われる思いがしました」

二人の後ろでは、優雅なピアノの調べが流れだしたところだった。美しく着飾った人々は、大広間の中央に集ってダンスを踊り始めていた。

「俺たちも踊ろうか」

「はい！」

ジャスティンに手を取られて、ソフィアが大広間の中央へと向かって歩いている時だった。

ドン、と大広間全体に大きな振動が走る。ぐらりと足元が揺れ、天井から下がるシャンデリアも左右に大きく振れていた。

大広間のあちこちから悲鳴が上がる。さらに、再び大広間に激しい衝撃が走り、轟音が響く。

ジャスティンと目を見合わせたソフィアは、すぐに窓の外に視線を移した。

そこで目にした光景に、ソフィアが呆然と立ち尽くす。

「ジャスティン殿下……」

絶望を滲ませた顔で、ソフィアがジャスティンを見上げる。彼もまた、目に映った光景に顔を強張らせていた。

「……！」

夜の闇に、火山の山頂がはっきりと赤く浮き上がって見える。噴火の事実を目にして、ソフィアは背筋が凍る思いだった。

（どうしよう）

ジャスティンが緊張を滲ませてソフィアに尋ねる。

「ソフィア、時の精霊召喚について何かわかっているかい？」

「いえ。残念ながら、まだまったく解明できていません」

無力感に、ソフィアはきゅっと小さく唇を噛んだ。

窓の外に覗く異変に気付いて、多くの人々が窓の側に集まってくる。信じられないといった面持ちで、皆一様に青ざめた顔で窓の外を眺めていた。

（この王宮にまですぐに被害が及ぶかは、わからないけれど。少なくとも、あの火山の近くの町や村は、このままでは火砕流に呑み込まれてしまうわ……！）

ソフィアの耳に、フリーダの懐かしい声がこだまする。

『時の精霊は、特別な精霊なのよ』

（フリーダ大御祖母様……？）

はっと辺りを見回したソフィアの耳元で、今度は不思議な囁き声が聞こえた。

『大丈夫。あなたが召喚したい精霊を呼んで』

研究室で聞こえたような気がしたのと同じ、透き通るような、脳内に直接語りかけるような声だ。戸惑いながら辺りを見回すソフィアに、ジャスティンが声を掛けた。

「ソフィア、どうしたんだ？」

「……今、誰かに話しかけられたような気がして。ジャスティン殿下には聞こえましたか？」

「いや、俺には聞こえなかったな」

再び、ソフィアの耳に声が届く。

『さあ、勇気を出して』

こくりとソフィアの喉が動いた。フリーダからの形見の魔導書に載っていた時の精霊の召喚魔法はすべて暗唱できる。

記載されていた時の精霊の力のレベルは様々だったけれど、ソフィアは迷いなく最高位の時の精霊の召喚魔法を頭に思い浮かべた。

(時の大精霊の力を借りない限り、この状況は解決できないわ)

すうっと息を吸い込んで目を閉じたソフィアが、民の命を救ってほしいという切実な祈りを込めて、時の大精霊の召喚呪文を古代シャルローゼの言葉で紡ぐ。

『悠久の時を越え　数多の生を見守りし大精霊よ
類い稀なる不変の力　再び我らに授け賜え』

まるで歌の調べのような、空気を震わせるソフィアの声の神秘的な響きに、周囲の人々は思わず聞き入った。ソフィアの声に呼応するように、ふっとシャンデリアが照らす光が弱まったかと思うと、それに代わって、ソフィアの前の大広間の床に不思議な光が浮かび上がる。直径が大人の背丈二人分ほどある円が、眩い光の輝きとともに現れたのだ。

ジャスティンも、言葉を失って目の前の光景にただ見入っていた。

ソフィアが召喚呪文を続ける。

『永遠《とわ》に続く平安は　汝の恵みへの感謝とともに』

呪文を唱え終えたソフィアが目を開けると、すぐ目の前にある光の円の中に、きらきらと数本の光の線が走っていた。

（これは……）

円の中を走る光の線が、八芒星を形作る。それは、ソフィアも見慣れた、フリーダの形見の魔導書の表紙に描かれている魔法陣と同じ形だった。

魔法陣の八芒星の中央から、一際眩い光が放たれる。ソフィアは今までに感じたことのないような、眩暈がするほど圧倒的なエネルギーを全身に感じた。

ソフィアがゆっくりと視線を上げると、彼女の目の前には大きな翼のある、彼女よりも遥かに背の高い精霊が立っていた。神々しく麗しいその姿を見て、ソフィアは自然と彼の前で片膝を折る。

「時の大精霊様……」

凛々しい青年の姿をした最高位の時の精霊は、ソフィアに優しく微笑むと、屈んでその肩に手を置いた。

『汝の願い、確かに聞き届けた』

感動と感謝と驚きとがない交ぜになった気持ちで、ソフィアは時の大精霊を見上げていた。最高位の時の精霊が、どうして自分の召喚に応じてくれたのかもわからないままだ。

その時、小柄で淡い輝きを放つ、幼い少女の姿をした精霊が、ソフィアの背後からすうっと飛び上がって時の大精霊の横に並んだ。

「あなたは……」

彼女はにこっとソフィアに笑いかけた。

『フリーダに頼まれたの。あなたを見守ってほしいって』

その透き通った声は、さっきソフィアの耳元で聞こえたのと同じ声だった。

「大御祖母様に……？」

『そう。私、フリーダに呼ばれて、あなたの大切な願いを一つ叶えるって約束したの。これで、約束は果たせたかしら？　……ではお父様、まいりましょうか』

『ああ、我が娘よ』

精霊の少女はソフィアに手を振ると、時の大精霊の隣に並び、真っ赤に染まった火山に向かって、窓をすうっとすり抜けて飛び去っていった。

二人の精霊が通っていく場所が、光の線になって暗闇の中に浮き上がって見える。彼らを見つめるソフィアの視界が、涙でぼんやりと滲む。

（大御祖母様が、力を貸してくれたんだわ）

彼らの話から、ソフィアの元に佇んでいた精霊は時の大精霊の娘だとわかったけれど、彼女の存在には、ソフィアはこれまで気付かずにいたのだ。

（あの精霊は、私の側でずっと見守っていてくれていたのね。きっと彼女のお陰で、その父である時の大精霊も、私の求めに応じて姿を現してくれたんだわ）

もうずっと昔に天に召されたフリーダの大きな愛情に、ソフィアは温かく包まれているような気がした。頬を涙が伝うのと同時に、意識が次第に薄らいでいく。

「……ソフィア‼」

耳元に響くジャスティンの声が遠ざかっていくのを感じながら、ソフィアは気を失った。

第十一章　ずっと二人で

「……ん」

ゆっくりとソフィアが瞬きをする。はじめに彼女の目に入ったのは、安堵を滲ませたジャスティンの顔だった。

「……ジャスティン、さん？」

上半身を起こしたソフィアを、堪らずジャスティンが抱き締める。

「ソフィア、よかった……！」

温かく力強い腕に抱き締められ、戸惑いながらソフィアが呟く。

「あの、私は……」

「時の大精霊を召喚した後、三日三晩眠り続けていたんだ。もし君が目覚めなかったらと思うと、俺は気が狂いそうだった」

ジャスティンの腕が微かに震えていることに気付き、ソフィアはまだぼうっとする頭を抱えながらも、そっと彼の身体を抱き締め返した。

「心配してくれて、ありがとうございます。……そうだ、火山の噴火は⁉」

はっと我に返って尋ねたソフィアに、ジャスティンが微笑みかける。

「大丈夫だ。君が召喚した時の大精霊が、火山周辺の時を止めてくれたお陰だよ」

ジャスティンは立ち上がると、ソフィアに火山が見えるように部屋のカーテンを開けた。

「溶岩が火口付近にとどまったから、火山の麓《ふもと》にある町や村も火砕流の被害を免れたし、噴石や噴煙の被害も出てはいない」

火山の山頂には、まだ内部の熱を感じさせる赤さが残っているものの、噴火当時と同じ場所に溶岩がとどまっていた。

ソフィアがほっと胸を撫で下ろす。

「よかった、安心しました」

「完全な鎮静化を図れるように、今は水の精霊の力も借りて冷やしているところだが、危機的な状況は脱したと考えていいだろう。……ソフィア、体調はどうだい？」

「何も問題ありません。よく眠れて、身体が軽くなったような気がします。ずっと優しい夢を見ていたんです」

「優しい夢？」

「はい。もう他界した曽祖母の夢です」

夢で会ったフリーダを思い出しながら、ソフィアはふっと遠い目をした。

「夢の中で、曽祖母は私の記憶にある優しい笑顔のまま、私を迎えてくれました。これは夢で聞いたことなので、真実かと言われるとわからないのですが……」

ソフィアが静かに言葉を続ける。

「曽祖母は、生前に一度だけ精霊召喚を試みたのだそうです。それが、予見を司る時の精霊だったそうです」

「予見の精霊、か。時の精霊の中では、比較的低位に位置する精霊だな。確か、君に借りたフリーダさんの形見の魔導書にも、召喚呪文が載っていたね？」

「そうなんです。曽祖母は、家族に疎まれている私の将来を案じて、私に何かできることはないかと、ずっと考えてくれていたようです」

「それで、予見の精霊を召喚したと？」

「ええ。でも、召喚した予見の精霊には、未来を知ることで、かえって時を歪めてしまうことがある。本人の幸せを願うなら、あえて知らずにいたほうが良いと言われたそうです。ただ……」

ソフィアは口元に笑みを零した。

「どうしてもと曽祖母が頼んだら、私の願いを一つ叶えると約束してくれたのだそうです。それが真実だったとしたら、曽祖母が召喚した予見の精霊は、私がいずれ時の大精霊の召喚を望むということを、当時既に予見していたのでしょうね」

「ああ、そうだね。……フリーダさんは、予見の精霊をどのように召喚したんだろう？　ソフィアもあの夜会で、時の大精霊の魔法陣をどうやって出現させたんだい？」

「あの魔法陣は、時の大精霊の召喚呪文を唱えたら、自然と目の前に現れたのです。これは私の推測なのですが……」

好奇心を滲ませたジャスティンに、ソフィアが続ける。

「時の精霊は、自由に時を越えられます。つまり、時の経過によって力が弱まることはないのではないでしょうか。その性質上、一度精霊界から人間界に召喚してしまえば、再び精霊界から召喚するのではなく、既に人間界のどこかにいる時の精霊を召喚することになるのではないかと思ったのです」

「そうすると、あの時大広間に現れた魔法陣は、精霊界と人間界とを繋ぐ魔法陣とは性質が違うということか」

「恐らくは。ただ、時の精霊が人間界にいるのだとしても、その召喚方法は最後までわからなかったのですが、側にいてくれた予見の精霊が、召喚したい精霊を呼ぶようにと私に教えてくれました。呪文と同時に魔法陣が現れるとは私も想像していませんでしたが、魔導書に魔法陣が描かれていなかったのは、使う必要がないからなのかもしれませんね」

懐かしそうにソフィアが目を細める。

「私の曽祖母は、自らその事実に気付いたからこそ、予見を司る時の精霊の召喚ができたのでしょう。私は魔導書の理解も、曽祖母にはまだ遠く及びません。もっと近付きたいですし、曽祖母にも、私の側についていてくれた予見の精霊にも感謝しかありません」

ジャスティンが穏やかに微笑む。

「予見の精霊がフリーダさんの願いに応えてくれたのは、フリーダさんの強い思いに加えて、君が願う時の大精霊の召喚が、多くの人々を救うためのものだとわかっていたからなのではないかな」

「私もそう思います。……曽祖母が召喚してくれた予見の精霊は、時の大精霊の娘だったようなので、ぴったりの役目を果たしてくれたのでしょうね」

優しい色をたたえたソフィアの瞳を、ジャスティンは愛おしげに見つめた。

「それから、俺には、召喚呪文を唱えたのがソフィアだったからこそ、あの場に魔法陣が出現したように思えたんだ。フリーダさんが言っていた『特別』という言葉は、精霊と特別な絆《きずな》を持ち、愛されている者のみが召喚できるという意味もあるのではないかな」

「もしかしたら、そうなのかもしれませんね」

そして、時の大精霊と予見の精霊が飛び去る直前、ソフィアが聞いた会話をジャスティンに話すと、彼は興味深く耳を傾けていた。

「ほう、それは聞こえなかったな。ただ、時の大精霊がソフィアに『汝の願い、確かに聞き届けた』と言ったのは、俺にも聞こえたよ。……時の精霊の姿はほとんど目に見えないと言われるが、大精霊ほど力の強い精霊となると、また事情は異なるようだ」

「それは私にもわかるような気がします。大精霊の独特の存在感には圧倒されました」

「あの夜会の場に居合わせた人々の多くが、ソフィアが召喚した精霊の姿を、あるいは精霊の発した眩い光を目にして、彼らが火山の噴火を防ぐ様子を目撃していた。君が意識を失った後、奇跡が起きたと、あの大広間では大きな騒ぎになっていたんだ」

柔らかなソフィアの手を、ジャスティンがそっと握る。

「つまり、君が奇跡を起こしたことも、あの場にいた皆が目撃していたということだ。俺は、倒れた君を前にして気が気ではなかったが、時の大精霊を召喚してランズファルト王国を救った君を、誰もが褒め称えていたよ」

「いえ、そんな。私はむしろ、私を見いだしてくださったジャスティンさんに感謝しています」

「相変わらず、君は謙虚だな。……誰より努力家で優しい君がこの国を救ってくれたことは、俺にとってとても大きな後押しになった」

「後押し……？」

不思議そうに首をかしげたソフィアの前で、ジャスティンがひざまずく。

「ソフィア、俺と結婚してくれないか」

ジャスティンの真剣な瞳に見つめられ、驚きのあまりソフィアが口元を両手で覆う。

（私、夢を見ているのかしら……？）

ソフィアは、ジャスティンの吸い込まれるような緑色の瞳に見惚れながらも、何と答えたら良いかわからずにいた。

そんなソフィアに向かって、ジャスティンが続ける。

「好きだよ、ソフィア」

真っ直ぐなジャスティンの言葉に、ソフィアの頬はかあっと染まる。

「……ジャスティンさんは、私のことを気の置けない友人として見ていらっしゃるのだろうと思っていました」

「俺は、出会ってすぐに君に惹かれ始めていた。聡明で朗らかな君と一緒にいる時だけは、いつだって時間を忘れたよ」

「私にとっても、ジャスティンさんと過ごす時間は、何より大切で、楽しくて。でも……」

ソフィアが躊躇いがちに目を伏せる。

「ジャスティンさんは王弟殿下です。離縁歴のある身で、実家の伯爵家からも除籍された私では、ジャスティンさんには相応しくありません」

元夫のヘンリーや妹のコートニーから放たれた言葉も、ソフィアの頭をよぎっていく。

ジャスティンは、握っているソフィアの手に力を込めた。

「もし君の隣にいられるのなら、俺は王弟としての地位を捨てても構わない」

慌ててソフィアがジャスティンを見つめる。

「何を仰っているのですか。国王陛下を支え、魔導書の研究所でも、王立図書館でも要職を担われているジャスティンさんが、地位を捨てるなんてとんでもありません」

少し口を噤んでから、ジャスティンが言葉を選ぶように続けた。

「実は、兄上には、少し前から王弟の地位を離れてもいいかと相談していたんだ。だが、強い反対を受けてね」

「反対されて当然だと思います。当事者の私でさえ、絶対に首を縦には振りませんから」

「俺には王族としての責任がある一方で、ただの一人の人間でもある。自分の望む人生を歩むことが許されないなら、どんな手段だって取るつもりだった」

マリウスから聞いた話を思い返しながら、ソフィアは彼の言葉に耳を澄ましていた。

（ジャスティンさんは、すべてを兼ね備えていて、恵まれた立場にいる方だと思っていたけれど……彼にとっては、そんな環境が窮屈だったのかもしれないわ）

ソフィアを見つめて、ジャスティンが微かに苦笑する。

「ただ、順番が間違っていたことは重々承知している。まずは君の気持ちを確かめるべきだとわかってはいたんだ。それなのに俺は、足元を固めてからでないと、無責任なことを君に聞いたり、口に出したりしてはいけないと思っていた」

「責任感の強いジャスティンさんらしいですね」

「だが、後悔したよ。……なかなか目覚めない君を前にして、君に気持ちを伝えていなかったことが悔やまれた。形式的なことに捉われていた自分が情けなくなったよ」

ジャスティンがソフィアの瞳をじっと覗き込む。

「君の気持ちを、俺に教えてくれないか？」

熱い瞳で見つめられ、ソフィアも気持ちを抑え切れなくなった。

「私もジャスティンさんが好きです」

一息にそう言うと、ソフィアは彼を見つめ返した。

「決してジャスティンさんに気持ちを知られてはいけないと、もし気付かれたらこれまでの関係が壊れてしまうと思って、ずっと隠しておくつもりでいたのですが……きっと、ジャスティンさんにはお見通しだったのでしょうね」

「そうであってほしいと、祈るような思いだった」

ジャスティンは心底嬉しそうに笑うと、再びソフィアを抱き締めた。

「君の気持ちさえ確かめられたなら、もう何も問題はない」

「……どういうことですか？」

腕の中からソフィアがジャスティンを見上げる。

「兄上は元々、俺が誰を選んでも認めるつもりだと言ってくれていた。だが、君に何の不安も憂いも感じさせずに妻に迎えるためにも、しばらく周辺の者たちへの根回しをしていたんだ。それが、君のお陰で一気に解決した」

きょとんとするソフィアの頭を、彼は優しく撫でた。

「あれだけ大勢の、この国と諸外国の要職に就いている者たちが見守っている中で、君は鮮やかにこの国を救ったんだ。君を俺の妻に迎えることに、誰もが賛成してくれたよ」

（きっと、大御祖母様が天から見守っていてくれたのだわ）

じんと熱い思いがソフィアの胸に込み上げる。ジャスティンはこほんと咳払いをすると、改まってソフィアを見つめた。

「もう一度、君に聞きたい。どうか、俺と結婚してもらえないだろうか」

「……本当に私でいいんですか？」

「君だからいいんだ。俺には君以外、考えられない」

ソフィアの胸にかかっていた雲が、さあっと晴れていくようだった。はにかみながら、ソフィアがジャスティンを見つめて微笑む。

「はい、喜んで」

「ありがとう、ソフィア」

見つめ合った二人の顔が少しずつ近付き、ジャスティンの唇がそっとソフィアの唇に重ねられる。ソフィアは胸の高鳴りを抑え切れぬまま、ジャスティンに身を預けていた。

長く優しい口付けの後で、ジャスティンがソフィアの耳元に囁く。

「君を生涯守り抜くと誓うよ。必ず幸せにするから」

「信じています、ジャスティンさん。私も、少しでもお力になれるように努力します。……ところで、一つだけ伺っても？」

「ああ、何だい？」

「魔導書の研究員のお仕事は、これからも続けさせてもらえますか？」

切実なソフィアの視線を受けて、ジャスティンがにっこりと笑う。

「もちろんだ。このランズファルト王国を支える、重要な仕事だからね。俺としても、ぜひ続けてほしいと思っているよ」

「よかった……！」

大好きな仕事が続けられることに、ソフィアは喜びを隠せなかった。

「この前の夜会のように、俺の公務に付き合ってもらうことは時々あると思うが、いいかい？」

「はい。私も、たくさんの方々とお話しできて嬉しかったですし」

「あの夜会では、多くの要人に君を紹介できてよかったよ。実は、それが狙いだったんだがね」

ジャスティンが悪戯っぽく笑う。

「えっ、そうだったのですか？」

「ああ。これまで、俺はああいう場にはいつも一人で出ていたから、特定の令嬢を伴うことは初めてだった。君のお披露目を兼ねるつもりで誘ったんだ」

「それは知りませんでした……」

いつの間にか外堀を埋められていたことに気が付いて、ソフィアがくすりと笑う。

「これからもよろしくお願いします、ジャスティンさん」

「こちらこそよろしく、ソフィア。それから……」

ジャスティンはポケットから小箱を取り出すと、ソフィアに向かって蓋を開けた。

「この婚約指輪を、君に」

箱の中で美しい輝きを放っているのは、夜会の際にソフィアに贈られたネックレスとイヤリングと揃いの、眩いサファイアをダイヤで取り囲んだ指輪だった。

「わあっ、素敵……」

感嘆の溜め息とともにうっとりと指輪を見つめるソフィアを見て微笑むと、ジャスティンは彼女の左手薬指に婚約指輪を丁寧にはめた。ぴったりと左手薬指に収まった指輪を見て、ソフィアの顔には笑みが零れる。

「ありがとうございます」

「よく似合っているよ」

これほど用意周到に、ジャスティンが自分との結婚の準備を進めてくれていたことに、ソフィアは胸がいっぱいになっていた。彼の誠実で一途な気持ちに、じわじわと熱い想いが込み上げる。

ジャスティンに再び抱き締められ、ソフィアは幸せを噛み締めながら、彼の温かな胸にそっと顔を埋めた。

意識を取り戻した後しばらくしてから、ソフィアは魔導書の研究室を訪れていた。この日は休日だったために、トビーとカリンのいない研究室はがらんとしている。

その代わりに、彼女の隣にはジャスティンが並んでいた。

「お休み中ずっと付き合わせてしまって、すみません」

「いや、俺が君といたいだけだから」

「ジャスティンさんはいつも優しいですね。あっ、これだわ……」

ソフィアは、机の引き出しからフリーダの形見の魔導書を取り出した。濃紺の表紙には、金色の八芒星が描かれている。表紙の八芒星を、ソフィアはそっと指でなぞった。

（私、どうして気付かなかったのかしら）

時の精霊が現れた魔法陣も、同じ八芒星の魔法陣だった。魔導書の表紙を眺めながら、ソフィアが微笑む。

「私、曽祖母が時の精霊を召喚した時に、その場にいたような気がします」

「ほう、そうだったのかい？」

「ええ。物心が付いたかどうかという頃だったでしょうか。私の目には時の精霊は見えなくて、記憶に残ったのも、目の前に現れた魔法陣の美しさだけで……。でも、幼な心に八芒星の魔法陣が印象に残ったのでしょうね。表紙に描かれた八芒星が好きで、この魔導書が一番のお気に入りだったのです」

懐かしい思いで魔導書を手に取ったソフィアは、ぱらぱらとそのページをめくった。

「この魔導書に載っている精霊召喚用の魔法陣には、五芒星・六芒星・七芒星のものはありますが、八芒星の魔法陣はありません。時の精霊召喚の魔法陣がすべて八芒星とは限りませんが、ある意味では、この魔導書の表紙が、時の精霊の魔法陣の形を示していたのかもしれませんね」

「そうだね。君がその一冊をフリーダさんから形見として譲り受けたことにも、理由があったんだね」

「そうですね。この魔導書も時の精霊と一緒に、ずっと私に寄り添っていてくれましたから」

フリーダの思い出と共に心を温めてくれた魔導書に、ソフィアはジャスティンから贈られた栞を挟んだ。ソフィアに今までついていてくれた、優しい時の精霊についての記載があるページだ。そこには、『時の大精霊の末娘』と書かれていた。

ページに描かれた愛らしい時の精霊の姿を眺めながら、ソフィアは胸の中で感謝の言葉を呟いた。

＊＊＊

「わあっ、ソフィア、とっても綺麗よ……！」

眩しいほどの純白のウェディングドレスに身を包んだソフィアに、カリンがにっこりと笑いかける。ソフィアの左手薬指には、優美なサファイアをダイヤで取り囲んだ婚約指輪が、そして、その胸元と耳元にも、揃いのネックレスとイヤリングがきらきらと陽光を弾いている。

「本当だね。ソフィアは王弟妃になるんだなあ」

感慨深げにトビーが頷く。ソフィアははにかみながらカリンとトビーに笑みを返した。

「カリンさんもトビーさんも、ありがとうございます。研究室ではこれまで通りに働きますので、今後ともご指導よろしくお願いします」

カリンとトビーが顔を見合わせて笑う。

「ソフィアは相変わらず謙虚よね」

「研究室からソフィアがいなくなったら寂しいと思っていたから、これからも一緒に働けて嬉しいよ」

ソフィアの耳元で、カリンが楽しそうに囁く。

「やっぱり、ジャスティン殿下はソフィアにぞっこんだったでしょう？」

「……‼」

頬を染めたソフィアの表情が、それが事実だと物語っていた。実際、両想いであることを確認してからのジャスティンは、これまでにも増してとにかく甘い。ふるまいや表情の一つ一つに、ソフィアに対する愛情が溢れているのだ。

「あっ、ジャスティン殿下」

ソフィアの顔が輝く。彼女の視線の先には、濃紺のフロックコートに身を包んだジャスティンの姿があった。

ジャスティンがソフィアを見て眩しそうに目を細める。ソフィアの横では、トビーとカリンが居住まいを正していた。

「ジャスティン殿下、ご結婚おめでとうございます」

「お幸せそうで、何よりです」

「ありがとう。トビー、カリン、これからも変わらずソフィアをよろしくな。……さあ行こうか、ソフィア」

「はい」

ジャスティンの側で朗らかな笑みを浮かべるマリウスを目にして、ソフィアもにっこりと笑う。

「マリウスさん、今後とも頼りにしています」

「こちらこそ、ソフィアさん。殿下をよろしくお願いします」

一礼したマリウスは、お茶目にソフィアに向かってウインクをした。

ソフィアが再婚であることに加え、ジャスティンも大掛かりな結婚式を望まなかったために、二人の結婚式は、王宮に設けられているチャペルで挙げるささやかなものになった。国王陛下夫妻をはじめ、魔導書の研究所の仲間たちや王立図書館の親しい関係者など、ごく身近な者たちを招いて催される。

ソフィアの実家の両親は、彼女が王弟と結婚することになったことを知り、掌を返して除籍を解消しようとしたけれど、ソフィア自身がそれを断った。もう、これ以上実家にもコートニーにも振り回されたくはなかったからだ。

今のソフィアは、自分の立つ場所を、自らの力でしっかりと確かなものにしていた。

ジャスティンはソフィアの腕を取ると、彼女を見つめて微笑んだ。

「本当に綺麗だ、ソフィア」

「ふふ。ジャスティンさんこそ素敵です」

最愛の人の隣に並んで、ソフィアは永遠の愛を誓い合う結婚の意味を、初めて心の底から理解できたような気がした。何があっても、かけがえのないジャスティンを支えたいという強い想いが、自然とソフィアの内側から湧き上がってくる。

「ジャスティンさん。私、幸せです」

花が綻ぶようなソフィアの笑顔を前にして、ジャスティンの顔にもいっぱいの笑みが浮かぶ。

「俺こそ幸せだよ。これからずっと俺の隣にソフィアがいてくれるなんて、夢のようだ」

彼はそっとソフィアのこめかみに口付けた。

「愛してるよ、ソフィア」

「私もです、ジャスティンさん」

見つめ合った二人に、再び笑みが零れる。チャペルに足を踏み入れた寄り添い合う二人を、溢れるような歓声と温かな祝福が包み込む。

時の大精霊とその末娘も、穏やかに微笑みながら、そっとジャスティンとソフィアの姿を見守っていたのだった。


結婚式を終えたジャスティンとソフィアは、王宮のジャスティンの部屋でくつろいでいた。窓の外にはすっかり夜の帳が下りている。

ソファーに並んで座るソフィアの髪を、ジャスティンが優しく撫でる。

「今日はありがとう、ソフィア。さすがに少し疲れたかい？」

湯浴《ゆあ》みを済ませたばかりのソフィアの身体からは、仄かに石鹸《せっけん》の香りが漂っていた。ほんのりと火照らせた顔で、ソフィアが微笑む。

「いえ。すぐ隣にはジャスティンさんがいて、大切な人たちに心からの祝福を贈られて……とても素敵な一日でした。こちらこそ、ありがとうございました」

ジャスティンのエスコートは完璧だった。ジャスティンとも親交の深い、ランズファルト王国の要職に就いている者たちも幾人か招かれていたけれど、皆が温かな笑顔で二人を祝ってくれた。魔導書の研究所や王立図書館の仲間たちや、国王夫妻は言わずもがなだ。

二人の左手薬指には、揃いの白金の結婚指輪が輝いている。ソフィアは互いの結婚指輪を眺めると、しみじみと言った。

「ジャスティンさんが私を妻にしてくれたなんて、今でもまだ実感が湧かないというか……信じられないような気持ちです」

「そうかな」

くすりと笑ったジャスティンが、ソフィアを抱き寄せてそっと口付ける。

「ソフィアの一番近くにいることが叶って、こうして君に触れられることが、俺としてはすごく嬉しい」

ジャスティンの手がソフィアの頭の後ろに伸びる。唇を重ねるだけの優しいキスから、次第に深い口付けへと変わっていく。

ソフィアへの気持ちを明かせずにいた時間を埋めるように、婚約してからのジャスティンは、彼女に対する愛情表現を欠かさなかった。けれど、ソフィアが彼に深く口付けられたのはこれが初めてだ。

堪らず、ソフィアの口からは甘い吐息が漏れる。ジャスティンの唇がようやく離れた時、ぽうっと染まった顔でソフィアが彼を見つめると、募らせた想いを映すかのように、彼の瞳の奥には今までに見たことのないような熱が籠っていた。ジャスティンに求められていることを感じて、ソフィアの心臓が大きく跳ねる。

「……場所を移そうか」

やや掠れたジャスティンの声にソフィアが頷くと、彼は軽々とソフィアを両腕に抱き上げてベッドへと運んだ。ふわりとソフィアをベッドに下ろすと、力強い腕で彼女の身体を抱き締める。

「愛してる」

ジャスティンに耳元で囁かれ、ソフィアの身体に甘い痺れが走る。

「私も大好きです」

ソフィアもそろそろと彼の背中に腕を回す。熱いジャスティンの体温に包まれ、どきどきと高鳴る自分の鼓動が、彼に聞こえてしまいそうな気がした。

そっとソフィアの身体から両腕を解いたジャスティンが、ソフィアの髪から耳、首筋へと、順番に柔らかく唇を落としていく。

「あっ……」

思わず甘く高い声が出てしまい、慌ててソフィアは口に手を当てた。頬を染めながらも、緊張のあまり身体を固くしているソフィアの髪を、ジャスティンがそっと指先で梳く。

「……緊張してる？」

真っ赤な顔でソフィアが頷く。

「はい。実は……」

少し躊躇ってから、ソフィアが小声で言った。

「私、初めてなんです」

ジャスティンが驚いたように目を瞬く。

「……えっ？」

「ご存じの通り、以前にも結婚はしていたのですが、元夫には相手にされることなく、結婚当日から離縁するまでずっと放置されていました。……なので、今夜が私にとって本当の初夜なんです」

耳まで赤くなった顔を隠すように、ソフィアが恥ずかしそうに両手で顔を覆う。ジャスティンは堪え切れず、口元に笑みを零した。

「ねえ、ソフィア。可愛い顔を隠さないで」

ジャスティンはゆっくりとソフィアの両手を顔から外すと、愛おしそうに彼女の唇に口付けた。

「嬉しい。すごく嬉しい」

「……優しくしてくれますか？」

「ああ、もちろん」

元々丁寧だったジャスティンの触れ方が、さらに繊細なガラス細工に触れるかのように優しくなる。

「一生、君を大切にするよ」

温かなジャスティンの腕に包まれて、ソフィアは再び深く口付けられた。彼への溢れんばかりの愛しさで、ソフィアの胸がいっぱいになる。

ジャスティンの言葉を、ソフィアは迷いなく信じることにしている。ただ、この日は、どことなく長い夜になりそうな予感を覚えながら、そっと目を閉じて彼の腕に身を預けたのだった。

【完】

あとがき

こんにちは、作者の瑪々子と申します。このたびは、本書をお手に取ってくださって誠にありがとうございます。

今回登場するヒロインのソフィアは、自分と同じ本好きであることもあり、楽しく書かせていただきました。大好きな本を前にしてわくわくする気持ちを、ソフィアを通じてお伝えできていたら嬉しく思います。自分でも、まさか本好きが高じて小説家になるとは夢にも思っていなかったので、人生は何が起こるかわからないな……と感じていますし、幼い頃の自分が知ったらどんなに驚くだろうと思います。ちなみに、小学生の頃の将来の夢は、近所の図書館の司書になることでした。

また、本書に登場するソフィアの曽祖母のフリーダは、大好きな私の祖母を思い浮かべながら書きました。他界した今でも、いっぱいの愛情を注いで可愛がってもらったたくさんの記憶を思い出す度に、胸が温かくなります。料理上手の祖母が鰹節《かつおぶし》を削るのを手伝わせてもらったり、トランプで長時間遊んでもらったり、一緒に絵本を読んだりしたことは、どれも大切な思い出です。今でも、祖母の優しい笑顔がはっきりと目に浮かびます。ソフィアがフリーダを大好きな気持ちや、成長してからも抱いている感謝の思いには、私自身の気持ちも投影しています。

そして、本書でも編集者のMT様には大変お世話になりました！　企画段階から的確かつ温かなアドバイスをいただき、いつも迅速なレスポンスにも救われました。S様には、全体を通じて細部まで丁寧な助言をいただいて感謝しています。また、ソフィアたちキャラクターを理想以上に素晴らしく描いてくださったｐｏｋｉｒａ先生、何とお礼を申し上げれば良いのか……！　才女感溢れるソフィアのキャラクターデザインを見た時に、感動しかありませんでした。しっかり読み込んで美麗に描いてくださって、本当にありがとうございました。

出版を迎えるにあたって、素敵なカバーデザインをしてくださったデザイナー様、本文を細やかに確認してくださった校正者様など、本作品に携わってくださったすべての方々に、この場を借りてお礼申し上げます。

最後に、本書を迎えて読んでくださった読者の皆様に、心からの感謝をお伝えさせてください。こうして本を書かせていただけるのも、読者の皆様が支えてくださるお陰です。皆様に本書を楽しんでいただけることを願いながら、筆を擱《お》かせていただきます。

瑪々子《めめこ》

離縁されましたが、今が一番幸せなので
貴方の元には戻りません!
~本好き才女は我慢をやめて第二の人生を謳歌する~

2025年2月5日　初版第1刷発行

著　者　瑪々子

© Memeko 2025

発行人　菊地修一

発行所　スターツ出版株式会社

〒104-0031　東京都中央区京橋1-3-1　八重洲口大栄ビル7F
TEL　03-6202-0386（出版マーケティンググループ）
TEL　050-5538-5679（書店様向けご注文専用ダイヤル）
URL　https://starts-pub.jp/

印刷所　大日本印刷株式会社

ISBN　978-4-8137-9418-9　C0093　Printed in Japan

[瑪々子先生へのファンレター宛先]
〒104-0031　東京都中央区京橋1-3-1　八重洲口大栄ビル7F
スターツ出版(株)　書籍編集部気付　瑪々子先生